KB192695

변변찮은 마술강사와

추상일치

—메모리 레코드—

4

Memory records of bastard magic instructor

"뜨아아아아아아아아아아—! 아직이야?! 아직도 저 녀석들을 원래대로 되돌릴 방법을 못 찾은 거냐고!"

"좀 진정해, 글렌, 마술 연구에 조바심은 금물이잖아."

글렌이 느긋한 태도의 세리카를 닮달했다.

"내가 지금 조바심이 안 생길 리 있겠어?! 좀 보라고!"

글렌이 손가락을 내밀자 그곳에는 시스티나, 루미아, 리엘이 있었다.

셋 다 짐승귀와 꼬리가 달린 수인화(獸人化) 상태였다. 마술학원의 마도공학 교수인 오 웰의 실험 때문에 이런 모습으로 변해버린 것이다.

"진짜 오웰 그 바보는 왜 매번 이딴 쓸데없는 짓을 저지르는 거냐고요!"

"뭐, 어때. 귀엽잖아?"

"웃기지 마! 이 녀석들, 무슨 영문인지 과자 만 먹거든?! 그것도 왕창!"

세 소녀는 지금도 글렌이 사다준 산더미처럼 쌓인 과자를 맛있게 먹고 있었다.

"아니, 왜 하필이면 과자만 먹는 건데?!"

"음~ 수인 상태는 생각보다 에너지 소모가 심한 것 같군. 당분은 즉석 에너지원이야. 아마 그게 원인……"

"그럼 빨랑 원상 복구해! 이대로 가다간 내 지갑이 죽어! 이러다 진짜 돌이킬 수 없는 지경까지 갈지도 모른다고!"

그 순간.

"저기요, 선생님, 저, 배고파요오."

".......응. 딸기 타르트. 플리즈."

어마어마한 양의 과자를 전부 먹어치운 세 소녀가

글렌에게 바짝 다가와 귀엽게 보채기 시작했다.

"제, 제발 좀 참아달라고'오오오오오!"

글렌은 눈물을 쏟으면서 달아날 수밖에 없었다.

"으음. 금(金)의 선라이트☆루미링!"

"……창(蒼)의 문 리룽"

"은(銀)의 스타☆시스땅! 셋이 모여서—"

"""마법소녀 매지컬☆스카이!"""

두둥! 화려한 마술 폭발 효과를 배경으로 반짝거리고 하늘하늘한 의상을 입은 루미아, 리엘, 시스티나가 멋진 포즈를 취했다.

"아니, 대체 뭘 시키시는 거예요?!"

하지만 곧 제정신을 차린 시스티나가 글렌에게 따지고 들었다.

"아니, 너희는 실수로 세리카가 만든 어려

지는 약을 먹었잖아?

모처럼 이렇게 된 거 원래 모습으로 돌아가기 전까지 잘 활용해보는 편이 낫지 않겠어?"

"활용이요?! 대체 무슨 활용인데요!"

"지금의 너희라면 틀림없이 아주 잘 팔릴 거야! 그러니 한동안 마법소녀로서 아이돌 활동을 해보자! 안심해! 내가 프로듀싱해줄 테니까!"

"이, 이 변변찮은 인간이 또……!"

시스티나의 관자놀이에 시퍼런 혈관이 돋은 순간—.

"그런데…… 마법소녀에게는 서포트역의 귀여운 마스코트가 있어야 하지 않을까, 글렌?"

세리가 그들에게 다가왔다.
"뭐…… 확실히, 그럴지도"
"응, 응. 실은 여기에 「인간이 쥐로 변하는 약」이
있다만…… 어때, 글렌?"
그리고 글렌의 어깨를 가볍게 두드렸다.
"어? ……응? ……엥?"
글렌은 빰을 실룩거리더니 안색이 창백해졌다.
세리가는 그런 글렌을 바라보며 방긋 웃었다.

"후우, 휴일의 카페에서 홍차를 마시며 공부라니…… 우아하네."

"왠지 굉장히 학생답다는 느낌이 들어."

시스티나와 루미아는 카페 아방뛰르의 구석 자리에 편히 앉아 있었다.

"이렇게 평범한 시간을 느긋하게 보내는 건…… 뭔가 참 좋은 것 같아."

"하지만…… 리엘에게는 지루했나 보네."

루미아는 쓴웃음을 짓고 시선을 살짝 옆으로 돌렸다.

소파 위에 누운 리엘이 교과서를 배게 삼아 천진난만한 얼굴로 잠들어 있었다.

"처음에는 우리를 따라서 같이 공부할 거라고 큰소리 쳤었는데……."

"……뭐, 어쩔 수 없지."

두 사람이 그런 리엘의 잠든 얼굴을 바라보며 쓴웃음을 지은 순간—

"야~ 하얀 고양이~. 나 왔다. 공부 좀 봐 달
랬던가?"

딸랑딸랑. 가게 문을 열고 글렌이 들어왔다.

"아. 선생님. 어서 오세요~."

"호오? 휴일인데 둘 다 열심인걸. 좋아. 열심
히 공부한 상으로 딸기 타르트라도 사주마."

"……?!"

그 순간, 리엘이 벌떡 일어나더니 교과서를
펼쳤다. 그리고 하관을 교과서로 가린 채 글
렌을 힐끔힐끔 훔쳐보았다.

"리, 리엘. 너란 녀석은……."

"뭐…… 리엘한테는 공부보다 이쪽이겠지."

"후후. 내가 차를 추가 주문할게."

그런 리엘을 본 글렌은 어이가 없었고 시
스티나와 루미아는 서로를 마주보며 미소
지었다.

Memory records of bastard magic
instructor

CONTENTS

제1화 어느 소녀의 프라이버시 ——— 015

제2화 폭풍의 로리 천사 ——— 063

제3화 병약여신 세실리아 ——— 113

제4화 광왕의 시련 ——— 161

제5화 거짓된 영웅 ——— 209

후기 ——— 299

변변찮은 마술강사와 추상일지

추상일지

—메모리 레코드—

4

Memory records of bastard magic instructor

히츠지 타로 지음

미시마 쿠로네 일러스트

최승원 옮김

뭐어~?! 선생님과 루미아 사이에 애가?!?!?!

시스티나 피벨

Memory records
of
bastard
magic
instructor

세리카
아르포네아

알자노 제국 마술학원 교수.
외모는 젊어도 글렌을 길러준
부모이자 마술 스승이기도 한
수수께끼가 많은 여성. 글렌이
엮이면 팔불출이 된다.

리엘
레이포드

제국 궁정 마도사단 특무분실
소속. 루미아의 호위로
마술학원에 편입했지만
어째선지 글렌의 등만 쫓고 있다.

루미아
틴젤

청초하고 마음씨 고운 누구에
게나 사랑받는 인기인. 목숨을
걸고 자신을 구해준 글렌을
일편단심으로 사모하고 있다.
글렌과 시스티나가 싸울 때는
자주 중재 역할을 맡는다.

시스티나
피벨

「강사 킬러」라는 별명을 가진
고지식한 우등생. 글렌의 적당한
태도를 흘려 넘기지 못하고
매번 설교하는 모습은 이미
학원의 명물이 됐을 정도다.

Character

알베르트 프레이저

제국 궁정 마도사단 특무분실
소속. 글렌의 전 동료. 제국에서
손꼽는 저격수이자, 전투에서
첩보에 이르기까지 수많은
임무를 완수해온 초일류 마도사.

글렌 레이더스

주인공. 알자노 제국 마술학원의
마술을 싫어하는 마술 강사.
만사에 무책임하고 의욕 제로.
마술사로서도 삼류라서 장점은
전혀 없는 셈. 그런 그의 진정한
모습은─?

어느 소녀의 프라이버시

Privacy of Re=L

Memory records of bastard magic instructor

"콜록! 콜록!"

어두컴컴한 뒷골목에 괴로운 기침 소리와 신음이 울려 퍼졌다.

거기서는 고열로 의식이 몽롱해진 소년이 힘없이 벽에 기댄 채 주저앉아 있었다. 안색만 봐도 병세가 상당히 심각한 것 같았다.

"싫어……. 안 돼…… 오빠. 오빠…… 정신 차려."

그런 소년에게 어린 소녀가 울면서 매달려 있었다.

"미……안…… 리, 아……. 내…… 능력이…… 부족한…… 탓에…….."

소년은 떨리는 손으로 흐느끼는 소녀의 머리를 쓰다듬어 주었다.

이 두 사람은 어떤 사정으로 모든 것을 잃은 상태였다. 돈도, 친지도, 그야말로 아무것도 없었다.

동서고금을 막론하고 이런 인간들을 기다리는 결말은 대개 비극적이기 마련이다. 거기에 예외는 없었다.

필사적으로 발버둥쳐도 너무 운이 없어서 결국 외통수에 몰린 남매에게 다가오는 발소리가 있었다.

뚜벅, 뚜벅, 뚜벅…….

발소리의 주인은 명백히 그들을 향하고 있었다.

'설마 노상강도……?'

이 근처는 치안이 그다지 좋지 않다. 그럴 가능성은 충분히 있었다.

"……리, 리아…… 도망……쳐……."

소년은 하다못해 동생만이라도 달아나게 하려고 일어서려했지만 결국 힘이 없어서 다시 쓰러지고 말았다.

"오, 오빠?!"

그러는 사이에 발소리의 주인이 두 사람 앞에 모습을 드러냈다.

역광 때문에 얼굴은 잘 보이지 않았다.

하지만 파란 머리카락을 목덜미쯤에서 대충 묶은 작은 체구의 소녀라는 건 알 수 있었다.

"……너, 너는……?"

"……."

두 사람 앞에 선 그 인물은 한동안 가만히 그들을 바라보았다.

그리고 갑자기 말없이 소년의 멱살을 틀어쥐었다. 그 가느다란 팔만 봐서는 상상도 할 수 없는 힘으로 소년의 몸을 가볍게 들어올렸다.

그리고 파란머리 소녀는 소년을 든 채 걸어가기 시작했다.

"……으, 윽……."

"오빠?! 그, 그만해! 오빠를 놔줘!"

뒷골목에 어린 소녀의 비통한 절규가 메아리쳤다. 그리고……

어느 날 점심시간, 학교 뒤뜰.

""리엘이 행실 불량~?!""

시스티나와 루미아는 반 친구인 웬디의 입에서 나온 예상치 못한 발언에 깜짝 놀라 외쳤다.

"쉿! 목소리가 커요! 어디까지나 소문이라구요, 소문!"

그러자 웬디가 입술에 검지를 대고 주의했다.

"요즘 다른 학생들이 리엘을 백안시하고 있다는 건…… 당신들도 느꼈죠?"

"그건…… 그렇지만……."

"저도 그게 왠지 신경 쓰여서, 어제 카슈 씨랑 린과 함께 은근슬쩍 소문을 캐봤어요. 그랬더니……."

환락가에 죽치고 있다.

위험한 일에 손을 댔다.

매일같이 난투극을 벌였다.

이런 흉흉한 소문이 산더미처럼 나왔다고 한다.

"……하다못해 어젠 삥을 뜯었다는 이야기까지 나왔는걸요."

"삥……?"

"이렇게 저항하지 않는 상대의 멱살을 잡고 돈을 갈취했다고……."

웬디는 손짓발짓을 해가며 마치 눈앞에서 직접 본 것처럼 묘사했다.

"리엘이 설마 그럴 리는……."

그러자 루미아가 슬픈 표정으로 중얼거렸다.

"저도 말도 안 된다고 생각해요. 하지만 아니 땐 굴뚝에 연기 나랴는 말도 있잖아요?"

웬디는 시스티나와 루미아를 똑바로 바라보며 진지하게 말했다.

"리엘과 가장 가까운 당신들이…… 그런 부분에서 좀 신경을 써주면 안 될까요? 굳이 깊이 파고들 필요는 없을 것 같지만…… 뭔가 알게 되면 저희한테도 알려주세요. 같이 대책을 검토해 봐요. ……그럼 전 이만."

—그런 소리를 듣고 가만히 있을 시스티나와 루미아가 아니었다.

(……어때? 시스티.)

(괜찮아. 우리가 미행 중이라는 건 아마 눈치채지 못했을 거야.)

방과 후에 여느 때처럼 같은 교차로에서 리엘과 헤어진 두 소녀는 집에 가는 척하면서 친우의 행실을 조사하기 위해 바로 미행을 개시했다.

(미행은 좋지 않지만…… 그래도 만약 리엘이 정말로 나쁜

길에 빠진 거라면 친구로서 바로잡아줘야 해.)

(맞아. 양심이 좀 아프지만, 힘내보자.)

그렇게 결심한 두 소녀는 리엘의 뒤를 추적했다.

'에에에에에에에에엑?!'

리엘을 미행하다 어떤 광경을 목격한 시스티나는 동요한 나머지 속으로 비명을 질렀다.

이곳은 페지테 동쪽 지역의 교외에 있는 자연공원.

울창하게 우거진 숲속의 냇가에 작고 해진 텐트가 세워져 있었고, 그 옆에서는 리엘이 무릎을 감싸 안은 채 한가로이 앉아 있었다.

전혀 예상치도 못한 충격적인 광경이었다.

"뭐, 뭐야 저게?! 쟤, 저런 데서 살고 있었던 거야?! 저건 완전 노숙자……."

멀리 떨어진 나무 그늘에 숨어서 상황을 살피던 시스티나가 뺨을 실룩이며 옆에 있는 루미아를 돌아보았다.

"……."

그녀도 눈이 점이 된 채 굳어 있었다.

리엘의 주위를 관찰해 보면 나뭇가지에 세탁물이 걸려 있거나, 속이 빈 통조림과 먹다만 군용 식량이 굴러다니거나, 모닥불을 피운 흔적 같은 생활감이 엿보였다.

제법 오랫동안 여기서 살았다는 건 의심할 여지가 없으리라.

"리, 리엘은 분명 제국 궁정 마도사단의 에이스였지? 그런 애를 저런 식으로 취급해도 되는 거야?"

"예, 예산이…… 부족한 걸까?"

그런 두 사람의 심정을 알 리 없는 리엘은 한참 강물을 바라보다가 갑자기 움직이기 시작했다.

"음……"

그리고 아무런 망설임도 없이 교복을 벗기 시작했다.

"아앗?!"

멀리서 상황을 살피던 시스티나와 루미아가 놀라서 눈을 부릅떴다.

두 사람이 지켜보는 가운데 리엘은 담담하게 치마를 내리고 상의를 벗어던지더니 눈 깜짝할 사이에 실오라기 하나 걸치지 않은 알몸이 되었다.

투명할 정도로 하얀 피부. 이제 막 부풀어 오르는 가슴. 곡선이 적은 풋풋하면서도 청초한 몸을 아낌없이 외부로 드러낸 리엘은 맑은 물이 흐르는 강에 몸을 담그더니 그대로 속편하게 물장구를 치기 시작했다.

가느다란 팔로 물을 퍼서 호리호리한 어깨를 씻거나, 머리를 풀고 손으로 벅벅 감기 시작했다.

얼굴은 평소와 다름없는 졸린 듯한 무표정. 그 담담한 손놀림은 마치 무기를 손질하는 작업처럼 보였다.

"쟤, 쟤가 진짜~?!"

시스티나와 루미아는 황급히 주위를 살폈다. 다행히 근처에 다른 사람은 없었다.

'그건 그래도 너무 무방비해⋯⋯.'

사춘기의 소녀로서는 너무 경솔한 행동이었다. 이렇게 직접 봤는데도 믿을 수 없을 정도로⋯⋯.

"⋯⋯."

두 사람이 걱정하는 얼굴로 지켜보는 가운데 대충 목욕을 마친 리엘은 갑자기 강 한복판으로 이동했다. 머리카락에 맺힌 진주 같은 물방울이 눈처럼 새하얀 피부를 타고 흘러내렸다.

리엘은 그대로 가만히 수면을 응시했다.

"뭐, 뭐지⋯⋯?"

시스티나가 의아하게 여긴 그때였다.

리엘의 손이 눈에 보이지 않을 정도의 속도로 움직였다.

첨버어어어어어어어어어엉!

리엘의 오른손이 수면을 쓸자 성대한 물보라가 치솟는 동시에 물고기 한 마리가 냇가 위에 떨어졌다.

"아아앗?! 뭐야 저게?!"

"괴, 굉장해⋯⋯."

시스티나와 루미아는 경악한 얼굴로 돌 위에서 펄떡거리는 물고기를 응시했다.

하지만 리엘은 계속 그대로 팔을 휘둘렀다.

첨벙! 첨벙!

몇 번이나 더 물기둥이 솟구쳤고 그때마다 물고기들이 지면에 떨어졌다.

"……응. 낚시, 성공."

'내가 아는 낚시랑 전혀 달라?!'

시스티나의 영혼이 외치는 태클은 리엘에게 닿지 않았다.

낚시를 마친 리엘은 강에서 나오더니 수건으로 몸을 닦고 나뭇가지에 걸린 옷을 입기 시작했다. 프릴이 달린 캐미솔과 핫팬츠. 얼마 전에 함께 옷가게에 갔을 때 산 옷들이었다.

옷을 다 갈아입은 리엘은 강물에 마술을 써서 만든 얼음을 주먹으로 때려 부순 후, 방금 잡은 물고기들과 같이 나무상자에 담았다.

'……대체 뭘 하는 거지?'

시스티나와 루미아는 의문을 느꼈지만 리엘은 나무상자를 들고 다시 시내를 향해 걸어가기 시작했다.

리엘의 목적지는 페지테 남쪽 지역의 3번가. 이른바 상점가라 불리는 지역이었다.

수많은 사람이 분주히 돌아다니는 도매시장이 열려 있었다.

"늘 신선하고 귀중한 민물고기를 공급해줘서 고맙다, 리엘!"

"응."

"이 물고기는 입이 약해서 낚시 바늘로는 멀쩡하게 낚기 어려운데…… 대체 어떻게 잡아오는 거냐?"

"비결이 있어."

시장에서 어떤 남자와 교섭한 리엘은 물고기를 돈으로 바꾸었다.

(여, 역시 돈이 필요한 걸까?)

(그야 그런 생활을 할 정도니…….)

멀리서 그런 모습을 지켜보던 루미아와 시스티나가 몰래 대화를 주고받았다.

(하지만…… 아직까진 학교의 소문처럼 나쁜 짓을 하는 것 같지는 않은걸?)

(그 텐트 생활에는 진심으로 깜짝 놀랐지만 말야…….)

그 순간―.

"저기, 아가씨들은…… 혹시 리엘의 친구니?"

옆에서 과일을 파는 노부인이 말을 걸었다.

"조금 전부터 멀리서 계속 리엘을 지켜보고 있는 데다…… 리엘이 평소에 입는 옷과 완전히 똑같은 옷을 입고 있어서 하는 말이다만."

아마 교복을 말하는 것이리라.

"아, 예. 맞아요."

"죄송해요. 의심 살 만한 짓을 해서…… 저희는 그저 리엘이 평소에 학교 밖에서는 어떻게 지내는지 알고 싶었을 뿐이에요."

"그래, 그랬구나."

그러자 노부인은 리엘에 관해 말해주기 시작했다.

"저 아이는 참 착한 아이란다. 여자인데도 엄청 힘이 세고…… 마음씨도 고와. 얼마 전에도 무거운 짐 때문에 곤란해하던 날 말없이 도와주기도 했고."

이 노부인뿐만 아니라 조금 전부터 리엘을 대하는 사람들의 반응을 봐선 아무래도 이 시장의 마스코트 같은 취급을 받는 모양이었다.

'역시 착한 애였잖아…….'

두 소녀가 안심한 순간—.

"하지만…… 그래선지 더욱 그 이상한 소문이 마음에 걸리더구나."

노부인의 표정이 갑자기 흐려졌다.

"예? 이상한 소문……이요?"

"그래, 이상한 소문. ……아무래도 리엘이 우리가 모르는 곳에서는 그다지 좋지 않은 일에 손을 대고 있다는 소문이 돌아서 말이지."

"……!"

노부인의 말을 들은 시스티나와 루미아는 눈을 살짝 부릅떴다.

마침내 그녀들도 리엘의 나쁜 소문을 직접 접했기 때문이다.

"저런 착한 아이가 그렇게 나쁜 짓을 할 리는 없다고 믿지만…… 아무래도 좀 걱정되지 뭐니."

"……루미아."

"응."

두 소녀는 서로를 마주보며 고개를 끄덕였다.

"……하나, 둘, 넷…… 응? 둘 다음은…… 셋이던가?"

한편, 리엘은 속 편하게 돈을 세고 있었다.

그런 이유로 미행은 계속되었다.

시장을 나온 리엘은 남쪽 지역의 더 안쪽으로 이동했다.

시스티나와 루미아가 몰래 그 뒤를 쫓자 건전하고 활기가
넘치는 상점가의 분위기가 차츰 바뀌기 시작했다.

어느새 주위에서는 펍, 스낵, 바, 클럽 같은 주류 제공을
전제로 한 음식점이 주로 눈에 띄기 시작했다. 가게 앞에서
는 옷을 풀어헤친 섹시한 여자가 끊임없이 호객 행위를 하는
중이었다. 요염한 댄서들이 춤을 보여주는 댄스 극장과 카지
노, 휴게소 등은 대부분 성인들을 위한 유흥 시설이리라.

페지테 남부 6번가. 이곳은 이른바 환락가, 밤거리였다.
지금은 아직 날이 밝아서 사람이 별로 안 보이지만, 밤이
되면 수많은 인파가 모여들어서 혼돈과 활력이 뒤범벅된 공
간으로 변모하리라.

뭐, 요컨대 시스티나와 루미아처럼 젊고 아리따운 소녀들
이 마음 편히 돌아다닐 만한 곳은 아니라는 뜻이다.

"리엘이 왜 이런 곳에……?"

시스티나는 건물의 사각에 몸을 숨긴 채 리엘의 뒷모습을 응시했다.

앞서 가는 그녀의 걸음걸이에 망설임은 느껴지지 않았다.

"으으…… 우리 엄청 주목받고 있는 것 같아……."

두 소녀가 주위의 시선에 주눅이 든 순간—.

"……!"

마침 리엘과 접촉하는 자가 있었다.

가슴 언저리가 크게 트인 요염한 드레스를 입은 퇴폐적인 분위기의 여자였다. 나이는 불명. 두껍고 화려한 화장을 한 노곤한 얼굴로 긴 파이프 담배를 피고 있는 모습으로 봐선 아무래도 이 환락가의 주민인 것 같았다.

그런 여자와 리엘이 뭔가 대화를 나누기 시작했다.

"왠지 수상한 사람이네……."

루미아가 약간 경계심을 드러냈다.

"대체 무슨 이야기를 하는 걸까?"

약간 양심에 찔렸지만 두 사람은 결국 마술을 쓰기로 했다.

흑마(黑魔) 【사운드 컬렉트】. 멀리 떨어진 곳의 음성을 듣는 주문을 몰래 영창했다.

그러자 소녀들의 귀에 리엘과 여자의 대화가 날아들어 왔다.

『너, 돈 필요하지? 또 우리 가게에서 남자 손님 좀 상대해 주지 않을래? 보수는 세게 쳐줄 테니까 말야. 우후훗…….』

『응, 알았어.』

『매번 미안해. 너도 알다시피 우리 가게에서 받는 손님들은 아무래도「쌓여있는」녀석들이 많아서 그쪽으로도 좀 난폭하거든. 우리 여자애들도 애쓰고는 있지만 짐이 좀 무거운 것 같아.』

『문제없어. 나한테 맡겨.』

『후후후…… 남자를 상대하는 건 이제 익숙해졌다는 거니?』

『응, 익숙해졌어.』

『그 아무것도 모르던 꼬맹이가 꽤 믿음직해졌는걸. 얘, 슬슬 본격적으로 우리 가게에서 일하는 건 어떠니? 이젠 너 때문에 오는 손님도 많아. 너라면 그 몸 하나만 가지고도 엄청나게 벌어들일 수 있을걸?』

리엘과 여자는 그런 대화를 나누며 누가 봐도 수상쩍은 가게 안으로 들어갔다.

"아, 아, 아, 앗……?"

시스티나는 온 몸의 핏기가 가시는 듯한 착각에 사로잡혔다.

"지, 지금…… 그건…… 설마?"

"아, 아으, 아으, 아으……."

늘 초연한 루미아도 입을 뻐끔거리며 동요했다.

좋지 않은 일을 한다는 소문.

수상한 여자와의 대화 내용.

─너라면 그 몸 하나만 가지고도 엄청나게 벌어들일 수

있을걸?

이것이 무엇을 의미하는지 눈치채지 못할 정도로 시스티나와 루미아는 어린애가 아니었다.

두 사람은 조금 전에 본 리엘의 텐트 생활을 떠올렸다.

숲속에서 사는 집 없는 아이. 물고기를 낚아 팔아야 간신히 먹고 살 정도로 돈에 곤궁한 리엘은 이미 몇 번이나 자신의 몸을 팔아서 돈을 번 것이 아닐까 하는 추측.

"".......""

시스티나와 루미아는 한동안 말없이 리엘이 사라진 수상한 건물의 문을 응시했다.

이 건물 안에서 펼쳐질 광경을 상상하면서…….

…….

………….

─응, 오래 기다렸지. 날 골라줘서 고마워. ……오늘 밤은 잔뜩 봉사? 해줄게.

─응. ……거기, 간지러워. ……나, 가슴 별로 안 크니까.

─하아……하아…… 으응. 기분, 좋아……. 몸이 녹아버릴 것 같아…….

─응, 으응! 앗……그만. 너무, 난폭하게…… 하지 마. 망가질, 것 같아…….

─앗, 아앙! ……하응! 아웃…… 아아앗!

………….

…….

펑!

시스티나와 루미아의 얼굴이 단숨에 새빨갛게 달아올랐다.

"아, 안 돼! 리에에에에에에에에에에에에엘!"

"맞아! 좀 더 자기 몸을 소중히 여기라구우우우우우우!"

두 소녀는 귀기 어린 표정으로 절규하면서 건물 안으로 돌격했다.

―그곳은 그야말로 전장이었다.

어두컴컴한 가게 안은 공장이나 토목공사 현장에서 일하는 우락부락하고 험상궂은 남자 손님들로 붐비고 있었다.

테이블석도, 안쪽의 카운터석도 거의 꽉 찬 상태.

모두가 차갑게 식힌 에일을 한손에 든 채 감자와 생선 튀김이나 징거미새우 튀김 같은 값싼 요리를 안주 삼아 고래고래 소리를 질러대며 소란을 피우고 있었다.

"야, 너무 늦잖아! 얼른 술이나 가져오라고!"

"아, 예! 금방 가져가겠습니다!"

노출이 심한 여자 종업원들이 테이블을 내리치며 재촉하는 거친 남자들 사이를 필사적으로 돌아다니며 술과 요리를 날랐다.

낮의 중노동으로 피로와 울분이 쌓인 일꾼들. 그런 그들이 술과 요리 앞에서 살기를 드러내는 건 무리도 아니었다.

"푸하아아아! 너, 바보 아냐?! 죽어!"

"시꺼! 한 대 처맞고 싶냐?!"

아무래도 손님층이 이렇다 보니 가게 안에서 오가는 대화도 난폭한 데다 시비조였다.

평소에도 끓는점이 낮은 손님들은 술이 들어가자 당연히 있으나마나 한 자제심조차 내던져버렸다.

"아앗?! 이 자식! 지금 해보자는 거야?!"

"뭐?! 그래, 좋다! 아주 곤죽을 만들어주지!"

사소한 일을 계기로 싸움을 벌이기 시작했다. 서로 드잡이질을 하며 주먹을 내질렀다.

"잘한다! 해치워!"

"좀 더 발을 써보라고! 이 찐따야!"

"으하하하하하하하하하하하!"

주위의 남자 손님들도 마침 좋은 구경거리가 생겼다는 듯 손에 술잔을 들고 싸움을 부추겨댔다.

"어때! 죽어, 짜샤!"

"안 통해! 이 멍청아!"

테이블을 난폭하게 뒤집으며 날뛰는 남자들.

고함과 환호성.

여자 종업원들은 이 태풍 같은 난장판 앞에서 어찌해야 좋을지 몰라 당황했다.

"우오오오오오오오!"

"뒈져어어어어어어어어!"

그러자 서로에게 달려드는 두 남자 사이로 소리 없이 파고 든 소녀가 있었다. 리엘이었다.

"응."

그녀는 놀랍게도 자기보다 두 배 이상 덩치가 큰 남자들의 주먹을 제각기 한손으로 가볍게 막아냈다.

"""떴다아아아아! 우리 성역의 수호신 리엘이 강림했다아아아아!"""

"""잘했어, 리엘! 그 바보 자식들을 박살내버려!"""

분위기가 한층 더 고조되자 여자 종업원들은 더욱더 당황했다.

"싸움은 밖에서 해. 민폐야."

리엘은 작은 목소리로 말했다.

"뭐라고?! 으아앗?!"

"꼬맹이가 까불…… 커헉?!"

남자들이 그런 리엘을 붙잡으려 한 순간, 그녀는 두 남자의 주먹을 붙잡은 채 비틀어 올리더니 — 남자들이 반사적으로 몸을 회전하는 힘을 이용할 뿐만 아니라 자신의 상식을 초월한 괴력을 총동원해서 — 마치 마법처럼 성대하게 내던졌다.

"""으아아아아아아아아앗?!"""

문을 부수고 날아간 두 남자는 사이좋게 가게 앞에서 의식을 잃었다.

"""우오오오오오오오! 리에에에에에에엘!"""

가게 안은 이미 걷잡을 수 없을 정도로 소란스러웠다.

"뭐야, 저게……."

"어때? 아마 너희가 상상했던 것 같은 문란한 일은 아니었지?"

안쪽 카운터석에서 그 혼돈의 연회를 목격한 시스티나가 압도되자, 조금 전에 리엘과 대화를 나눴던 여자가 카운터 안쪽에서 파이프 담배를 피며 씨익 웃었다. 사실 그녀는 이 변두리 싸구려 술집의 주인이었다.

"아하하…… 리엘의 일이라는 건 술집의 경호원이었던 거군요?"

"맞아."

시스티나의 옆자리에서 루미아가 미안한 표정으로 묻자 여주인이 미소 지었다.

"그건 그렇고 너희가 다급한 표정으로 갑자기 가게 안에 쳐들어와서 영문 모를 소리를 외쳐댈 땐 대체 무슨 일인가 싶었는데, 크큭큭…… 설마 여길 그런 가게라고 오해했을 줄이야. 아하하! 요즘 젊은 아가씨들은 참 발랑 까졌다니까!"

"으으, 죄송해요. ……창피해."

"괜찮아, 신경 안 써. 그만큼 친구인 리엘이 소중했던 거지? 난 그런 건 싫어하지 않거든."

여주인은 씨익 웃으며 말했다. 여전히 나이를 제대로 파악할 수 없을 정도로 화장이 두꺼웠지만 자세히 보면 의외로 애교가 있는 얼굴이었다.

"뭐, 아무튼 여긴 저런 거친 바보 자식들이 주로 찾는 가게야. 저 성질머리 때문에 다른 가게에선 출입을 금지당한 놈들을 손님으로 받고 있는 셈이지. 뭐, 아무리 바보라도 술 정도는 마음대로 먹게 해주고 싶었거든."

"뭐랄까…… 참 굉장한 곳이네요."

"훗. ……저 녀석들은 아무래도 낮에는 일 때문에 이래저래 스트레스가 쌓이는 모양이야. 성격이 거친 것도 그게 원인이라…… 주말에는 다들 여기서 소란을 피우며 그걸 해소하는 셈이지."

여주인은 마치 전장 같은 가게 안을 둘러보았다. 그 눈에서는 기막혀 하는 표정과는 다르게 왠지 모를 자애로움이 느껴졌다. 겉모습과 달리 의외로 그릇이 큰 여자인 것 같았다.

"뭐, 소란을 피우는 정도라면 문제없지만, 아무래도 혈기가 왕성해서 그런지 금방 별것 아닌 이유로 싸우곤 해. 이래서 다른 가게에서도 출입을 금지당한 건데…… 진짜 질리지도 않나 봐. 평소에는 내가 때려눕혀서 수습하지만 주말에는 아무래도 손이 부족하더라고. 그러니 싸움에 강한 리엘이 있어주면 무척 도움이 돼."

"아, 예에……."

"그리고 리엘이 오는 날은 평소보다 손님이 많은 거 있지? 좀 젖비린내 나긴 해도 귀여우니까…… 다들 리엘을 친딸처럼 여기는 게 아닐까? 귀여운 딸이 말려주는 아버지들이 동경하는 시추에이션 같은? 난 잘 모르겠지만."

또 가게 어딘가에서 고성이 터지고 싸움이 시작되었다.

그 소동에 말려든 거친 손님들도 하나둘씩 싸움에 가세하는 바람에 수습하기 어려운 사태로 발전하고 말았다.

"응. 조용히 해."

거기서 리엘이 끼어들었다.

남자A의 팔을 잡아 집어던지고, 단숨에 남자B의 뒤로 이동하더니 손날로 목을 쳐서 기절시키고, 남자C를 가게 밖으로 가볍게 밀쳐서 날려버리고, 팔로 남자D의 목을 졸라서 단숨에 의식을 날려버리고, 남자E는 거꾸로 안아 들더니 브레인 버스터…… 그렇게 눈 깜짝할 사이에 상황을 수습했다. 그 모습은 그야말로 전광석화(電光石火).

리엘이 시원시원하게 싸움을 정리할 때마다 손님들이 흥분했고 10분도 채 지나지 않아 또 다른 곳에서 싸움이 벌어졌다.

그걸 또 리엘이 가볍게 정리하는 상황이 반복되었다.

"어때? 익숙해지면 꽤 재밌는 쇼지?"

""우와아…….""

그야말로 혼돈의 극치인 가게 안을 지켜본 시스티나와 루미아는 뺨을 씰룩이며 쓴웃음을 흘릴 수밖에 없었다.

하지만 섣부른 판단으로 창피를 당하긴 했지만 두 사람은 안심했다.

그 소문이 결국 뜬소문에 불과했다는 것을 알게 되었기 때문이다.

하지만 그때까지 쾌활하게 웃던 여주인의 표정이 갑자기 어두워졌다.

"흐음…… 이만큼 리엘을 소중하게 여기는 친구라면…… 뭐, 알려줘도 상관없으려나."

"예? 뭐를요?"

"아니, 리엘 말인데…… 요즘 좀 묘한 소문을 들어서 말이지. ……이것도 일종의 모성애려나? 왠지 좀 걱정이 되더라고."

"예?! 또 소문이요?!"

"리엘이 어쨌는데요?"

"실은 리엘이……."

여주인은 의아해하는 시스티나와 루미아에게 자신이 들은 소문을 알려주었다.

……날이 저물었다.

"사실은 좀 더 있어주면 고맙겠지만, 볼일이 있다면 어쩔 수 없지. 자, 여기 오늘 일당. 좀 더 넣어뒀으니까 다음에도 부탁 좀 할게. 리엘."

"응."

돈 주머니를 받은 리엘은 그대로 가게 밖으로 나갔다.

그러자 시스티나와 루미아도 따라 나왔다.

"……하나, 둘…… 잔뜩."

주머니 안의 돈을 세던 리엘은 도중에 귀찮아졌는지 포기했다.

"이, 이런 짧은 시간 동안 일한 것치고는…… 꽤 많이 번 거 아니니?"

"자, 잘됐네."

리엘의 손가를 들여다보던 시스티나와 루미아의 표정은 잔뜩 굳어있었다. 방금 여주인에게 들은 소문 때문이었다.

"그런데…… 시스티나랑 루미아는 왜 여기 있는 거야?"

"그, 그게…… 산책?"

어색한 변명이었지만 리엘은 딱히 의심하지 않았다.

"그래. 난 지금부터 볼일이 있는데…… 너희는 어쩔 거야?"

"우, 우리는…… 그만 돌아갈까?"

"그러자. 오늘은 집에 부모님이 안 계시지만…… 날도 어두워졌으니까."

"응. 조심해."

무뚝뚝하게 말하고 등을 돌린 리엘은 환락가의 더욱 더 깊은 곳으로 나아갔다.

당연히 그쪽은 리엘이 사는 그 자연공원이 아니었다.

"설마…… 정말로?"

"리엘이 그럴 리는…… 하지만."

여주인이 알려준 새로운 소문.

—아무래도 리엘이 좋지 않은 패거리와 어울리는 것 같아.

도시의 불량 그룹은 페지테 같은 제국 유수의 대도시쯤 되면 반드시 일정 수 이상이 존재했다. 소문에 따르면 리엘은 그런 패거리들이 모여 있는 장소에 자주 드나든다는 모양이다.

—뭐, 리엘이 그런 바보 같은 짓을 할 리 없겠지만…… 이 근방에는 남들에게 마구 폐를 끼치는 골빈 그룹도 많다 보니 좀 신경이 쓰이더라고.

두 사람의 머릿속에 걱정스러운 얼굴로 눈살을 찌푸린 여주인의 모습이 떠올랐다.

"어쩌지? ……루미아."

"……."

밤거리로 사라지는 리엘의 뒷모습을 바라보면서 두 사람이 내린 결론은—.

"이봐, 거기 예쁜 아가씨들. 우리랑 같이 좋은 거……."

"《뇌정의 자전이여》."

파지직!

시스티나는 음험하게 웃으며 말을 건 세 남자에게 바로

어설트 스펠
공격 주문을 날렸다.

물론 명중시키진 않았다. 전격은 맨 앞에 있는 남자의 뺨을 스쳤을 뿐이었다.

하지만 그 위력시위의 효과는 지대했다.

"히익?! 이것들 마술사였어?!"

"도, 도망쳐어어어어어어어!"

시스티나는 겁을 집어먹고 개미떼처럼 흩어지는 남자들을 지켜보며 안도의 한숨을 내쉬었다.』

"후우, 아무래도 무모했나?"

"하지만 리엘이 걱정되는걸……."

건물 사각에서 전방을 살피자 속편하게 걸어가는 리엘의 뒷모습이 보였다.

그 후, 결국 두 사람은 리엘을 계속 미행하기로 했다.

환락가에서 더 안쪽으로 들어간 곳에 있는 페지테 남부 8번가. 이 근방은 노동자 계급을 비롯한 하층민들의 거주구라 전반적으로 지저분하고 낡은 데다 치안도 좋지 않았다.

뭐, 요컨대 역시 시스티나와 루미아처럼 젊고 아리따운 소녀들이 이런 시간대에 마음 편히 돌아다닐 만한 곳이 아니라는 뜻이다.

"만약 정말로 불량 그룹과 어울리고 있다면…… 막아야 해."

"응……."

결의를 새롭게 다진 시스티나와 루미아는 리엘의 미행을

재개했다.

　구획 정리가 안 돼서 미로처럼 복잡한 길을 이동하던 리엘은 이윽고 뒷골목에 있는 탁 트인 광장 같은 공간에 도착했다.

　그곳에는 열 몇 명의 불량스러워 보이는 소년들이 모여 있었다.

　『흥. 왔냐, 밤톨.』

　『응. 왔어.』

　그룹의 리더인 듯한 덩치 큰 소년이 리엘을 마치 위협하는 것처럼 흘겨보며 맞이했다.

　검붉은 색으로 염색한 머리카락과 햇볕에 그을린 피부. 듬직한 체격을 한 그 소년의 정체는—.

　"저, 저 사람은…… 자일 군?!"

　루미아는 깜짝 놀라서 눈을 크게 떴다.

　자일 울퍼트. 예전에 마술학원 경기제의 『정신 방어』 경기에서 루미아와 마지막까지 경쟁한 학생이자, 악명이 자자한 불량아였다.

　『자일 형님! 이걸로 오늘 싸움은 낙승이겠죠?!』

　『그래. 레키 녀석이 없는 게 좀 아쉽지만…… 오늘이야말로 그 아니꼬운 놈들을 철저하게 박살내는 거다. 다들, 어중간한 각오는 버리도록.』

　『『『우오오오오오오오오!』』』

『오~.』

자세히 보니 자일 일행은 저마다 손에 검, 도끼, 나이프 같은 흉흉한 무기를 들고 있었다.

그리고 리엘도 평소의 그 대검을 고속 연성해서 들어올렸다.

『홋. 기합이 들어갔구만, 밤톨. 오늘은 기대하마.』

『응. 열심히 놈들을 해치울게.』

사납게 웃는 자일에게 리엘이 졸린 듯한 무표정으로 대답하자 불량 그룹은 자일을 선두로 살기를 드러내며 뒷골목 안쪽으로 성큼성큼 걸어갔다.

"뭐, 뭐지? 서, 설마 불량 그룹 간의 항쟁?!"

"그럴 수가…… 리엘……."

상황을 살피던 시스티나와 루미아는 믿을 수 없다는 얼굴로 신음을 흘렸다.

불량 그룹 간의 항쟁은 때로는 페지테 경라청이 개입해야 할 수준으로 발전하거나 신문에도 실릴 정도다.

가끔 사망자도 발생하는 데다, 애당초 오늘 자일 일행이 지참한 무기들은 고작 불량 그룹 간의 항쟁에 쓰기에는 지나치게 흉악하고 위험했다.

만약 사건이 걷잡을 수 없이 커진다면 거기에 연루된 리엘은 최악의 경우 마술학원에서 퇴학당할지도 몰랐다.

"거, 거기 서!"

두 사람은 반사적으로 튀어나와 외쳤다.

시스티나는 자일과 정면에서 대치했다.

"당신! 우리 친구한테 대체 무슨 짓을 시키려는 거야! 리엘을 나쁜 길로 끌어들이지 마!"

그리고 분노한 표정으로 일갈했다.

"안 돼, 리엘! 이런 일에 끼어들면!"

루미아도 필사적으로 호소했다.

"······루미아? 시스티나? 집에 간 거 아니었어?"

리엘은 어리둥절한 표정이었다.

"뭐야? 너희는."

"자일 군이었지? 미안하지만, 리엘은 당신들의 동료가 될 수 없어! 가자, 리엘!"

"부탁이야. 싸움 같은 건 그만둬, 자일 군! 당신은 원래 이런 사람이 아니잖아!"

두 사람의 발언에 불량 그룹 멤버들은 약간 짜증을 드러내며 술렁이기 시작했다.

"아앙······?"

그러자 자일도 시스티나를 날카롭게 노려보았다.

'윽, 위험해. ······이 자일이라는 사람······ 아마추어가 아니야!'

매일 글렌에게 훈련받은 덕분에 어느 정도 상대의 역량을 파악할 수 있게 된 시스티나는 비지땀을 흘렸다.

정식으로 전투 훈련을 받은 건 아닌 듯하지만 검을 어깨에 댄 자일의 자세에는 빈틈이 없었다. 마술 실력도 미지수

여서 그리 쉽게 이길 수 있는 상대로 보이지는 않았다.

"그렇군. ……너희들이 이야기로 들었던 밤톨의 친구들인가. ……이봐."

자일이 턱짓하자 불량아들이 재빠르게 두 소녀를 포위했다.

"시스티?!"

"……아차, 이 사람들 예상보다 대응이 빨라!"

더 불리한 상황에 빠진 소녀들의 몸이 딱딱하게 굳었다.

"흠…… 일반인을 끼어들게 하고 싶지는 않았다만…… 너희는 아무래도 시간 좀 내줘야겠다."

자일은 동요하는 시스티나와 루미아를 비웃으며 칼을 어깨에 기댄 채 무시무시한 태도로 위협했다.

―그곳은 그야말로 전장이었다.

페지테 지하에 미로처럼 펼쳐진 하수도.

도시의 더러움과 부정이 쌓여서 일종의 인위적인 결계가 된 이곳은 마나의 균형이 무너진 탓에 마수나 광령(狂靈) 같은 다양한 괴물들이 활보하는 마경으로 변해 있었다.

"가자, 짜식들아! 우리의 도시에 둥지를 튼 쓰레기놈들을 쳐죽여버리는 거다!"

"""우오오오오오오오!"""

자일이 선두에 선 불량 그룹은 옆에서 하수가 흐르는 지하 통로를 마치 돌격대처럼 나아갔다.

―키샤아아아아아아앗!

그런 그들의 앞을 가로막는 건 거대한 생쥐, 거대 지네, 광령, 공중에서 헤엄치는 괴어 같은 이형으로 변모한 가지각색의 마수들이었다.

그들은 좁은 공간에서 초급 어설트 스펠이나 마력이 부여된 무기로 연계 공격을 펼치며 마수들을 차례차례 토벌했다.

다들 상당한 실전 경험을 거친 건지 제국군의 신병도 저리가라 할 활약상을 보였다.

"하아아아아아아아앗!"

그중에서도 자일은 격이 달랐다.

검술은 아류(我流)지만 실전을 통해 상당히 가다듬어진 상태였고 전투 센스도 뛰어났다.

자일이 오른손으로 바스타드 소드를 우악스럽게 휘두를 때마다 마수들이 쓰러졌다.

"치잇! 《위대한 바람이여》!"

그리고 가끔씩 왼손의 마술로 동료들을 지원하는 것도 잊지 않았다.

돌풍으로 마수들을 통로 안쪽까지 날려버려서 약간 밀리고 있던 동료들을 도왔다.

"고, 고맙습다! 덕분에 살았어요, 자일 씨!"

"정신 똑바로 차려. 저 밤톨을 좀 보고 배우라고."

자일은 짜증스럽게 턱짓했다.

"이이이이이이야아아아아압!"

그쪽에서는 리엘이 폭풍처럼 미쳐 날뛰고 있었다.

그녀는 이런 좁은 공간에서도 벽과 천장을 종횡무진 박차며 자유자재로 강속검(剛速劍)을 난무했다. 마수들이 눈에 띌 때마다 말 그대로 모조리 분쇄했다. 이미 전투가 아니라 일방적인 학살이었다.

"아니, 저건 무리죠……."

"고시랑대지 마. 아무튼 이쪽은 끝났군. 다음 구역으로 가자!"

"""오!"""

"……오."

주위의 마수를 모조리 사냥한 자일 일행은 다음 구역으로 이동했다.

맨 뒤에서 멍한 표정으로 불량아들의 분투를 지켜보던 루미아와 시스티나는 그제야 정신을 차리고 자일에게 다가갔다.

"싸움이 아니라 지하 하수도 시설의 정기 보수작업이었구나……."

"저기…… 지레짐작해서 미안. 설마 너희가 이런 일에 종사하고 있을 줄은 몰랐어."

지하 하수도 시설의 정기 보수작업. 만약 그대로 방치하면 마수들은 점점 강력하게 진화할 뿐만 아니라 걷잡을 수 없을 정도로 불어나고 만다.

그렇게 되기 전에 구역별로 정기 토벌 작업을 진행해서 하수도 안의 위험도를 일정 수준 이하로 유지하는 것. 대외적으로 잘 알려지진 않았지만 이건 도시 기능을 정상으로 유지하기 위한 중요한 업무 중 하나였다.

물론 도시에는 이 일을 전문적으로 맡는 정비대가 있었으나 페지테 정도의 대도시쯤 되면 아무래도 일손이 부족하다 보니 일반인 중에서 요원을 모집하기도 했다.

자일의 그룹은 그런 경위로 지하 하수도 보수작업 요원을 맡게 된 팀 중 하나라고 한다.

"느닷없이 끌어들여서 미안하게 됐다. 레키…… 나 같은 몰락 귀족 출신에 법의 주문을 쓸 줄 아는 녀석이 오늘은 부재중이라…… 너희는 만에 하나의 사태를 대비한 보험이야. 동행해주기만 해도 돼. 물론 우리가 지켜줄 거고 일이 끝나면 보수도 나눠주마."

자일은 아무리 그룹을 위해서라지만 외부인인 시스티나와 루미아를 막무가내로 끌어들인 게 미안했는지 험상궂은 표정을 하고 어색하게 시선을 피했다.

"……아앙? 딱히 이 도시를 위해서 이런 일을 하는 건 아니거든?"

루미아의 질문에 자일은 위협하는 태도로 대답했다.

"우리 바보 놈들은 너무 혈기가 왕성한 게 문제란 말야. 가난뱅이 노동자 계급 출신, 가문을 계승할 가망이 없는 가

난한 귀족의 삼남…… 뭐, 이런 녀석들뿐이라 열등감도 강해. 너희 같은 상류층은 이해하지 못할 테지만. 아무튼 이 녀석들은 정기적으로 날뛰게 해서 울분을 해소하지 않으면 금방 웃기지도 않는 사고를 저지르거든. ……뭐, 술값을 버는 김에 가스를 빼는 거지. 응? 밤톨? 우리 그룹의 구역에서 다른 그룹의 쓰레기들과 시비가 붙은 걸 도와준 게 계기였는데…… 그 뒤에는 어쩌다 보니 이렇게 됐군. 뭐, 솔직히 도움은 돼. 저 밤톨은 바보이긴 해도 우리 중에선 가장 강하니까. 바보지만."

이윽고 다시 통로 앞에 마수들이 나타나자 전투가 시작되었다.

"야, 밤톨! 혼자 너무 나갔어! 아무리 너라도 포위당하면 위험하잖아! 다치고 싶은 거야? 일단 물러나!"

"응, 알았어! 돌격할게. 이이이이이야아아아아아압!"

하지만 리엘은 자일의 지시를 무시하고 혼자서 돌격했다.

"저, 멍청이. 하나도 못 알아들었구만! ……칫, 내가 간다! 여자들은 거기서 움직이지 마!"

당황한 자일은 리엘의 뒤를 노리는 마수를 베어 넘겼다.

"이건…… 그거네. 악명 높은 불량배가 가끔 좋은 일을 하면 굉장히 좋은 사람처럼 보이는 법칙……."

"아, 아하하……."

시스티나와 루미아는 쓴웃음을 흘렸다.

"우리도 좀 도울까?"

"응, 그러자."

고개를 끄덕인 두 소녀는 엄호 주문을 영창하기 시작했다.

아무튼 리엘의 활약 덕분에 하수도 보수작업은 무사히 끝났다.

페지테시에 토벌 결과를 보고하고 보수를 받아온 자일은 동료들과 몫을 나누었다.

"자, 네 몫."

"응. 고마워."

그리고 화폐가 든 묵직한 주머니를 리엘에게 건넸다.

"……셋, 넷…… 잔뜩."

주머니 안의 돈을 세던 리엘은 도중에 귀찮아졌는지 포기했다.

"그래도…… 응. 이 정도라면 아마…….."

하지만 왠지 만족스러워 보였다.

"저기~ 자일 군? 괜찮겠어? 왠지 리엘 몫만 유난히 더 많은 것 같은데…….."

리엘을 손을 들여다본 시스티나가 조심스럽게 물었다.

"아앙? 그 밤톨이 가장 마수를 많이 쳐잡았잖아. 난 타당한 몫이라고 본다만?"

"으, 음. 뭐…… 네가 그렇게 말한다면 상관없는데…….."

묘하게 성실한 남자였다. 앞서 말했던 대로 시스티나와 루미아에게도 보수를 나눠준 걸 보면 역시 겉보기와 다르게 의외로 좋은 사람일지도 모르겠다.

"이얏호! 자일 씨! 오늘은 밤새 마셔보죠!"

"칫…… 어쩔 수 없군. 일반인들한테 폐는 끼치지 마."

슬슬 해산할 분위기가 되자 그룹 멤버들은 저마다 들뜬 얼굴로 어디서 마실지 상의하기 시작했다.

"응. 난 아직 더 볼일이 있는데…… 너희는 어쩔 거야?"

"우리는…… 그만 돌아갈까?"

"응. ……시간도 많이 늦었는걸."

"그래. 조심해서 가."

무뚝뚝하게 말하고 등을 돌린 리엘은 거리 안쪽으로 나아가기 시작했다.

당연히 그쪽은 리엘이 사는 그 자연공원이 아니었다.

"아직도…… 집에 갈 생각이 없는 거구나, 리엘."

루미아는 걱정스러운 눈으로 그녀의 뒷모습을 지켜보았다.

"애당초…… 오늘 하루만 해도 엄청 벌었잖아? 싼 방 하나쯤은 여유 있게 빌릴 수 있을 정도로. 그런데 왜 그런 텐트 생활을……."

"흥, 돈인가."

시스티나가 의아해하자 자일이 끼어들었다.

"……실은 묘한 소문을 들었다. ……설마 저 밤톨이 그럴

리는 없다고 생각한다만······."

"뭐?! 또 소문?! 왠지 무한 루프 같지 않아?!"

시스티나는 이 반복되는 비슷한 전개에 두통을 느끼면서도 자일의 발언을 물고 늘어졌다.

"가르쳐줘, 자일 군! 리엘한테······ 대체 무슨 일이 있었던 거야?"

"뭐, 저 밤톨의 친구인 너희들이라면 알려줘도 상관없겠지······."

그러자 잠시 눈살을 찌푸리며 고민하던 자일은 곧 자신이 들은 소문을 가르쳐주었다.

인기척이 느껴지지 않는 뒷골목에 리엘이 홀로 서 있었다.

그러자 잠시 후 수상한 남자가 흡사 그림자처럼 그녀에게 접근했다.

"돈은?"

남자가 짧게 묻자 리엘은 조용히 돈이 든 주머니를 내밀었다. 오늘 수입뿐만 아니라 최근 며칠간 번 전재산이 들어 있어서 상당한 액수였다.

"······틀림없군."

빠른 손놀림으로 돈을 세고 짧게 고개를 끄덕인 남자는 품속에서 작은 상자를 꺼내 리엘에게 건네주었다.

"······또 이용해주시길."

그렇게 용건을 마친 남자는 다시 그림자처럼 뒷골목 너머로 사라졌다.

남겨진 리엘은 상자 뚜껑을 열었다. 안에는 수상한 색의 액체가 든 작은 병과 주사기가 들어있었다.

"……드디어 손에 넣었어. 후후……."

리엘이 보기 드문 요사스러운 미소를 띤 그때—

""리엘!""

갑자기 들려온 외침에 그 자리에서 굳어버렸다.

시선을 돌리자 골목길 입구에 새로운 두 인물이 서 있었다.

"다 봤어. ……설마 그 소문이 진짜였다니!"

"리엘…… 설마 그런……."

시스티나와 루미아였다.

시스티나는 분노를, 루미아는 슬픔을 머금은 눈으로 리엘을 바라보았다.

"……루미아? 시스티나? 아직도 안 갔던 거야?"

리엘은 어리둥절한 표정을 지었다.

"둘 다, 오늘 왠지 이상해."

"우리 일 따윈 아무래도 상관없어! 그보다 문제는 너라구! 너!"

"리엘이 위법 약물에 손을 댔다……. 이런 소문은 분명 거짓말일 거라고 믿고 싶었는데!"

시스티나와 루미아는 눈을 깜빡거리는 리엘에게 다가갔다.

"안 돼, 리엘! 그런 약에 의지하면! 여러모로 괴로운 일이 있을지도 모르지만…… 그건 네 인생을 망쳐버릴 거야!"

"좀 더 자신을 소중히 여겨! 괜찮아…… 걱정하지 마! 우리가…… 우리가 함께 있어줄 테니까!"

그리고 울먹이면서 리엘을 껴안고 필사적으로 호소했다.

"……흑. 미안. 시스티나…… 루미아……."

그러자 리엘도 차츰 눈물을 글썽이기 시작했다.

"이게…… 그렇게 나쁜 약이었을 줄은…… 몰랐어. 정말…… 미안해. 훌쩍…… 킁."

"리엘…… 이해해준 거니? ……다행이야!"

"응. 이제 이 약을 쓰는 건…… 그만둘게. 이……."

리엘은 손등으로 눈물을 훔치고 이렇게 말했다.

"……이…… **감기약**은."

"……응?"

예상치 못한 단어를 들은 시스티나는 리엘이 들고 있는 작은 상자를 들여다보았다.

자세히 보니 상자 표면에는 두 사람도 잘 아는 제약 회사의 상표가 그려져 있었다.

"감기……?"

"……약?"

잠시 두 사람이 망연자실한 얼굴로 상자를 응시하자 리엘은 난처한 얼굴로 눈살을 살짝 찌푸렸다.

"그런데 어쩌지……. 이 약이 없으면…… 그 남매를 구해 줄 수 없는데……."

"남……?"

"……매?"

갑자기 튀어나온 영문을 알 수 없는 단어에 시스티나와 루미아는 서로의 얼굴을 마주볼 수밖에 없었다.

…….

"콜록! ……이거 참, 리엘이 없었다면 우리 남매는 지금쯤 어떻게 됐을지……."

"리엘 언니 덕분에 오빠도 많이 나아졌어!"

그 공동 주택은 피벨 저택의 바로 코앞에 있었다.

리엘의 안내로 그중 한 집에 들어가자 자신들과 비슷한 또래의 소년과 몇 살 더 어린 소녀가 세 사람을 맞이했다.

"당신, 알트 선배였죠? 지난달에…… 마술학원을 중퇴한."

"아하하. 날 기억해줬구나, 시스티나. 클럽 예산 결정 위원회 때 잠깐 몇 마디를 나눈 게 전부였는데……."

침대에서 상반신을 일으킨 소년, 알트가 수줍게 웃었다.

안색이 그리 좋지 않은 걸 보아하니 아무래도 제법 오랫동안 앓아누웠던 모양이다.

"우리 남매는 몰락 귀족의 후예인데…… 아버지께선 적어도 우리는 장래에 고생하지 말라고 적은 월급을 아껴가며 마술학원에 보내주셨지만, 오랫동안 무리하신 탓에 건강이 나빠져서 지난달에 갑자기 돌아가시고 말았어. ……그래서 난 동생을 부양하려고 학교를 그만두고 일하려 했는데……."

알트는 동생의 머리를 쓰다듬으며 말했다.

"불행하게도 마침 그때 내가 골치 아픈 바이러스성 감기에 걸려버렸지 뭐야. 그걸 치료하려면 시중에 거의 돌지 않는 비싼 약을 써야 한다는데…… 당연히 나한테 그런 돈은 없었고, 설상가상으로 집세가 밀려서 쫓겨난 데다 의지할 친척도 없이 길바닥에 나 앉은 우리를 구해줬던 게…… 바로 리엘 씨였어."

시스티나와 루미아는 놀란 얼굴로 리엘을 돌아보았다.

"리엘 언니는 우리를 언니가 살던 이 방에 데려와서 쓰라고 빌려줬어! 그리고 약도 몇 번이나 가져다줬어! 덕분에 오빠도 많이 건강해졌어!"

"그랬구나……."

시스티나가 문득 창문을 바라보자 피벨 저택이 눈에 들어왔다.

원래는 리엘이 살았다는 이 방은 비상시에 창문을 통해 지붕으로 올라가서 뛰어간다면 거의 1분 안에 피벨 저택에 도착할 수 있는 입지 조건이었다. 확실히 루미아를 호위하기 위한 은신처로는 안성맞춤이었으리라.

그리고 이제야 이번 소동의 전모가 보이기 시작했다.

"리엘…… 너, 그래서 그런 빈곤한 생활을 하면서 돈을 벌었던 거야? 알바처가 그런 곳들이라 이상한 소문이 돌았던 거고?"

리엘은 아직 세상물정 모르는 철부지다. 그녀 나름대로 이 남매를 위해 필사적으로 방법을 강구했지만 그런 자신이 남들의 눈에 어떻게 보이는지는 고려하지 못했던 것이다.

하지만 한 가지 의문점이 남았다.

어째서 리엘은 이 남매와 접촉한 것일까. 구하려고 한 것일까.

하지만 그 이유도 왠지 모르게 짚이는 곳이 있었다.

"리아. 오빠는 조금만 더 있으면 다 나을 거야. 그러면 열심히 일할게. 하다못해 네 장래를 위해, 어떻게든 네가 마술학원에 다닐 수 있도록…… 힘내볼게."

"응. 고마워, 오빠! 하지만 무리하지는 마! 리아도 일할 테니까! 리아는 오빠만 있으면…… 오빠만 건강하면 아무것도 필요 없는걸!"

침대 위의 오빠와 매달리는 동생.

옆에서 봐도 화목하기 짝이 없는 광경. 이 남매는 지금까지 수많은 역경 속에서도 이런 식으로 서로를 지탱해주며 살아온 것이리라.

"…………."

리엘은 그런 남매의 모습을 가만히 바라보았다.

늘 졸린 듯한 무표정이 지금 이 순간만큼은 다양한 감정으로 채색되었다.

그리운 듯한, 안타까운 듯한, 기쁜 듯한, 부러운 듯한…… 그리고 당장에라도 눈물을 쏟을 듯한 감정으로…….

"……리엘, 너……."

리엘의 기억 속에 존재한다는 어느 안타까운 남매의 기억. 이제 리엘은 새로운 인연을 얻고 앞을 향해 나아가기 시작했지만 얼마 전까지만 해도 그녀의 전부였던 오빠의 존재. 자신의 그림자나 다름없었던 동생의 기억. 지금은 무너져버린 아득히 멀고 그리운 환상.

리엘은 이 남매를 통해 누군가의 모습을 투영했던 걸지도 몰랐다.

"저기…… 왜 이런 걸까? 루미아…… 시스티나……. 이 두 사람이 구원받아서…… 기쁜데…… 왠지……."

리엘은 손등으로 눈가를 훔쳤다.

매일 떠들썩한 일상 때문에 깜빡깜빡 잊고 있지만 리엘이 새로운 결의를 다지고 긍정적으로 살게 된 건 바로 얼마 전의 일이다.

아직 모든 걸 떨쳐낸 건 아니었으리라.

"……괜찮아, 리엘. 너한테는 우리가…… 글렌 선생님이 계시잖니."

루미아는 그런 리엘을 뒤에서 살며시 끌어안았고 시스티

나는 그녀의 머리를 쓰다듬어주었다.

　그 후로 시스티나 일행은 알트와 앞으로의 생활에 관한 이야기를 나누었다.

　알트는 학교를 중퇴했지만, 다행히 성적은 우수한 편이라 이미 제3계제를 취득한 마술사였다.

^{트레데}

　즉, 찾아보면 좋은 취직자리는 얼마든지 있으리라.

　훗날 마도관료인 아버지 레너드에게 이 일을 상담한 시스티나는 알트에게 새로운 직업을 알선해주었다. 또한 동생 리아도 오빠를 돕기 위해 자신이 할 수 있는 아르바이트를 찾으면서 나중에 마술학원에 입학했을 때 장학금을 탈 수 있도록 열심히 공부하기로 결심했다. 그래서 비는 시간에는 시스티나와 루미아에게 공부를 배우기로 했다.

　이 공동 주택의 방도 리엘의 부탁으로 알트 남매의 명의로 바꾸기로 했다. 약 1년분의 집세가 미리 지불된 상황이라 두 사람이 다시 정상적인 생활로 복귀할 시간은 충분했다.

　"정말로…… 하나부터 열까지 죄송합니다. ……이 은혜는 평생 잊지 않을게요."

　"곤란할 때는 서로 돕고 살아야죠, 선배. 그리고…… 감사 인사라면 리엘에게 해주세요."

　"그렇겠네요. 정말 고맙습니다, 리엘 씨."

　"응! 고마워, 리엘 언니!"

"응. 리아도…… 오빠랑 잘 지내."

이래저래 해서 세 사람이 격동의 하루를 마치고 피벨 저택의 정문 앞에 도착한 건 거의 한밤중이었다.

"응. 그럼 내일 봐."

그리고 리엘은 등을 돌리고 걸어갔다. 아무래도 그 텐트로 돌아가려는 모양이었다.

시스티나와 루미아는 서로의 얼굴을 마주보며 살짝 웃은 후—

"리엘."

리엘의 앞을 가로막고 섰다.

"왜?"

"사실 우리 집은…… 자랑은 아니지만, 꽤 큰 저택이라 방이 제법 많이 남아."

고개를 갸웃거리는 리엘을 본 시스티나가 미소를 지었다.

"그러니…… 우리 집에 오지 않을래? 우리랑 같이 살자."

"……?!"

그 제안에 리엘은 연신 눈을 깜빡였다.

"……괜찮아?"

"아니, 애초에 넌 루미아의 호위잖아? 이게 서로에게 가장 좋은 방법이라고 생각하는데…… 왜 지금까지 떠올리지 못한 걸까?"

"후훗, 아버님은 분명 기뻐하실걸. 딸이 늘어났다면서."

"그러다 너무 들뜨셔서 어머니의 목조르기로 기절하는 전개가 벌써 눈에 선명할 정도인걸."

"……"

리엘은 그런 두 사람을 잠시 물끄러미 바라본 후—.

"……응. 고마워."

작은 목소리로 자신의 마음을 전했다.

이렇게 해서 리엘은 시스티나와 루미아의 손을 잡고 피벨 저택으로 들어가게 되었다.

그녀의 입가에는 선명한 미소가 그려져 있었지만, 한층 더 즐거워질 앞으로의 생활을 상상하는 시스티나와 루미아는 미처 눈치채지 못했다.

폭풍의 로리 천사

A storm by the pretty angel

Memory records of bastard
magic instructor

어느 날 방과 후―.

"오늘 저녁은 뭘 먹을래?"

"아……미안, 세리카. 오늘 나, 집에 못 와."

글렌은 머리를 긁적이며 미안한 얼굴로 말했다.

"……또냐. 너…… 요즘 집에 못 오는 날이 많군."

"어쩔 수 없잖아? 내일 마술 실험 수업 준비가 있는데……
이게 또 밤샘 작업이 필요하거든."

세리카가 불만스럽게 한숨을 내쉬자 글렌도 투덜거렸다.

"진짜 못 해먹겠다니까. ……하지만 하얀 고양이 녀석의
잔소리는 듣기 싫으니 어쩔 수 없지. 아~ 난 정말 좋은 선
생인 것 같아."(국어책 읽기)

"좋아. 그럼 어쩔 수 없군. 오늘은 특별히 내가 널 도와……"

세리카가 기쁜 얼굴로 뭔가 말하려던 순간―.

"잠깐만요, 선생님! 이런 데서 대체 뭘 하시는 거예요?!"

시스티나, 루미아, 리엘 트리오가 글렌에게 달려왔다.

"지금 실험실을 빠져나와서 농땡이를 피울 상황이 아니잖
아요! 알기는 아세요?! 내일 마술 실험은 전부 선생님의 오
늘 노력에 달려 있단 말이에요! 저, 전 그렇다 쳐도 반 애들
은 다들 선생님께 기대하고 있거든요?! 그러니 똑바로 좀 하
세요!"

"후훗, 오늘 밤은 힘드시겠지만 고생 좀 해주세요, 선생님. 저희 셋도 오늘은 학교에 묵으면서 선생님을 도와드릴 테니까요."

"응. 도울래. ……난 잘 모르지만."

시끄러운 소녀들에게 에워싸인 글렌은 무심코 웃음을 터트렸다.

"그래 그래, 고맙다. 하지만 갑자기 내 일을 돕겠다니…… 너희들, 대체 무슨 바람이 분 거야?"

"아하하, 그게 말이죠. ……시스터가 선생님이 힘들어 보이니 도와드리자고 해서……."

"잠깐! 루, 루미아! 그 말은 안 하기로 약속했잖아!"

"시스티나, 얼굴 빨개. 감기야?"

"아, 아니야! 정말이지!"

"……참 나, 여자 셋이 모이면 접시가 깨진다는 게 빈말이 아니었구만."

그리고 글렌은 세리카에게 등을 돌린 채 걸어갔다.

"……."

세리카는 그런 글렌의 뒷모습을 가만히 지켜보았다. 그리고…….

다음 날.

아직 어둑어둑한 데다 희미하게 아침 안개가 낀 알자노

제국 마술학원의 이른 아침.

철야 작업을 마친 글렌은 학교 숙직실 침대에서 잠시 눈을 붙였다.

"……으윽…… 피곤해…… 졸려…… 힘들어…… 지금 몇 시지?"

문득 잠에서 깬 글렌은 몽롱한 정신으로 손을 머리 위로 뻗어 회중시계를 잡고 시간을 확인했다.

"……좀 더 잘 수 있겠군."

시계를 던져버리고 다시 베개에 쿵 소리를 내며 머리를 뉘었다.

페지테의 아침은 약간 쌀쌀하다.

글렌이 열기를 빼앗기지 않기 위해 이불을 둘둘 감고 한숨 더 자려고 한 순간—.

물컹.

이불에서 기묘한 감촉이 느껴졌다.

마치 질 좋은 비단처럼 부드러운 감촉. 표면은 머리를 파묻고 싶어질 정도로 부드러우면서도 안쪽에서 확연하게 느껴지는 탄력. 그리고 무엇보다 엄청 따뜻했다. 그야말로 안고 자기엔 더할 나위 없는 최고의 감촉이었다.

명백히 숙직실의 비품인 싸구려 이불의 감촉이 아니었지만 글렌은 딱히 의문을 느끼지 않고 다시 이불을 끌어안았다.

하지만 그 이불에서 누군가가 코를 고는 소리가 들린 순간, 꿈속을 헤매던 글렌의 의식이 곧장 현실로 돌아왔다.

"잠깐! 뭐야 이건!"

몸을 벌떡 일으킨 글렌의 옆에 있던 건…… 어떤 소녀였다. 아마 나이는 열 살 미만. 소녀라기보다 아직 동녀(童女)나 유녀(幼女)에 가까운 나이였다.

비단결처럼 깨끗하고 흰 피부. 깃털처럼 부드러운 금발은 소녀의 주위에 부드럽게 퍼져서 아름다운 강을 이루고 있었다. 그 나이에 어울리는 작고 화사한 몸은 조신한 곡선을 그리고 있었지만 그야말로 무구함을 현실에 체현한 듯한, 청초함에서는 신성 불가침한 외경심이 들 정도였다.

그 천진난만한 얼굴은 매우 사랑스러운 데다 어딘지 모를 초연함이 느껴졌고 장래에는 반드시 절세의 미녀가 되리라 확신할 수 있었다.

그런 미소녀가 약간 긴 네글리제 차림으로 옆에서 몸을 웅크린 채 자고 있었던 것이다.

"……Who are you?"

글렌은 그 자리에서 굳어버릴 수밖에 없었다.

그러자 그의 시선을 느낀 건지 소녀가 살짝 눈을 떴다. 루비의 진홍색을 머금은 눈을 문지르면서 몸을 일으키더니 글렌을 마주보고 헤실헤실 웃었다.

"에헤헤…… 좋은 아침, 아빠."

"누가 아빠야아아아아아아아아아아아아아아아아아아아아!"

이른 아침의 학교에 글렌의 영혼이 서린 절규가 메아리쳤다.

"어?! 진짜 누구냐고, 넌! 세상에! 어?! 진짜 대체 뭐가 어떻게 된 거지?! 맙소사!"

"아하하, 이상한 아빠. 그보다 아빠…… 아침 키스는~?"

정체불명의 소녀는 눈을 감더니 글렌을 향해 입술을 쭉 내밀었다.

"히이이이이이이이익! 저, 저리 가라고오오오오!"

글렌이 공포와 혼란의 극치에 빠진 그때―.

"정말이지! 아침부터 시끄럽게 대체 뭐냐구요!"

철컥 하고 숙직실 문이 열렸다.

문 너머에 있던 건 시스티나, 루미아, 리엘이었다.

"안녕하세요, 선생님. 어젯밤에는 고생하셨죠? 저희가 아침으로 드시라고 뭘 좀 만들어왔어요. 만약 괜찮으시다면……."

샌드위치가 든 바구니를 안은 루미아의 목소리가 점점 작아지다가…… 결국 침묵했다.

침대 위의 글렌과 정체를 알 수 없는 소녀.

아연실색한 얼굴로 그런 둘을 바라보는 세 소녀들.

"있잖아, 아빠. 왜 그래? 저 예쁜 언니들은 누구? 아~ 알았다! 아빠의 외도 상대들이구나! 후훗. 일러야지, 일러야지, 엄마한테 일러야지♪"

하지만 소녀는 그야말로 순진무구한 반응을 보였다.

"……어?"

지금 이 순간, 완전히 예상을 벗어난 광경 앞에서 사고 회로가 완전히 멈춰버린 시스티나의 지극히 상식적인 논리 회로가 폭주하기 시작했다.

① 글렌을 아빠라 부르는 정체불명의 소녀.

② 아무래도 엄마도 있다는 모양이다.

③ 금발, 눈동자 색, 미모…… 전부 세리카와 판박이.

이상 세 가지 근거로 누구나 떠올릴 수 있는 결론은—.

"서, 서, 서, 설마?! 선생님의 아이?! 선생님과 아르포네아 교수님의 사랑의 결정?! 아와와와와와, 대체 어느 틈에?!"

"몰라! 난 기억에 없다고!"

"아하하, 시스티. 진정해. 아이는 황새가 물어다준 걸지도……."

"너야말로 진정해, 루미아! 그건 내가 아니라 리엘이라구!"

시스티나는 냉정하고 온화한 표정으로 혼란에 빠진 루미아를 내버려두고 글렌에게 따졌다.

"이, 이 저질! 성인 남녀가 계속 한 지붕 밑에서 살고 있으니 언젠가는 실수를 저지르는 게 아닐까 걱정했는데, 역시나! 이럴까봐 가끔 식사를 만들어주러 갈 테니 슬슬 자취하라고 말씀드렸었는데!"

"……어? 시스티, 그런 말을 했었어?"

"아니, 그보다 역시 너. 대체 날 뭐라고 생각하는 거냐?! 울어도 돼?!"

"하물며 피가 이어지진 않았다고 해도 어머니나 다를 바 없는 사람을 상대로…… 진짜 믿을 수 없어!"

"그~러~니~까~ 모른다고! 기억에 없어. 이런 애를 낳게 한 기억은 전혀 없단 말이다!"

"선생님, 그건 너무하시잖아요. ……하다못해 인지(認知) 정도는 해주세요. 그 아이의 장래를 위해서라도……."

"루미아까지?! 에잇, 빌어먹을! 신은 죽었어!"

이렇게 소란스러운 와중에―.

"……귀엽다."

리엘은 정체를 알 수 없는 소녀를 옆에 앉힌 채 하염없이 머리를 쓰다듬어주었다.

"아하하하하하하! 너희는 진짜 재밌는 녀석들이라니까!"

한산한 이른 아침의 식당에 정체를 알 수 없는 미소녀의 웃음소리가 울려 퍼졌다.

옥타브가 높은 목소리는 어린 소녀의 것이었지만 말투나 행동거지는 인생의 단맛 쓴맛을 다 본 성인 여성 그 자체였다.

"참 나…… 진짜 무슨 속셈이야? ……세리카."

글렌은 불쾌한 얼굴로 시스티나 일행이 만들어준 샌드위치를 먹으면서 왼쪽 옆자리에 앉은 미소녀를 흘겨보았다.

"몇 번이나 말했잖아? 새로운 이론으로 조합한 변신약을 써서 몸의 구조 자체를 바꾸는 변신술을 시험했다가 실패해서 원래 모습으로 돌아갈 수 없게 됐다고."

그러자 미소녀, 세리카는 혀를 살짝 내밀며 자기 머리를
가볍게 두드렸다.

"거짓말하지 마, 바보야. 네가 백마(白魔)【셀프 폴리모프】
따위로 그런 초보적인 실수를 할 리 없잖아? 진짜 일부러
이러는 거지?"

"뭐, 그런 고로 지금의 난 겉모습은 어린애. 두뇌는 어른
인 마법유녀 로리카! 가 된 셈이지. 에헴!"

글렌의 지적을 완전히 무시한 세리카는 평평한 가슴을 펴
고 자랑스럽게 선언했다.

"아, 아하하…… 아르포네아 교수님의 장난이었던 거군요."

"진짜 사람 간 떨어지게 하는 것도 정도가 있지……."

글렌의 맞은편에 앉은 루미아와 시스티나는 안도한 표정
으로 한숨을 내쉬었다.

"그건 그렇고……."

시스티나는 세리카의 모습을 힐끔 훔쳐보았다. 특히 작고
화사한 몸의 일부를. 원래는 까마득히 높은 산악지대였지만
지금은 완만한 평야가 된 그곳을…….

"……이겼어."

"시스티…… 그건 아마 허무한 승리일 거야."

감격한 듯 주먹을 쥐는 시스티나의 모습에 루미아는 쓴웃
음을 흘렸다.

"그런데 세리카? 앞으로 어쩔 거야? 계속 이대로 작은 모습으로 있는 거야?"

세리카의 왼쪽 옆자리에 앉은 리엘이 계속 그녀의 머리를 쓰다듬으면서 말했다.

아무래도 세리카의 어려진 모습이 마음에 든 모양이다. 동생이 생긴 것 같은 감각일지도 모르겠다.

"그것 말인데…… 너희, 오늘 힐러 스펠의 실험 수업에서 그걸 할 거지? 해독의식 실습."

"뭐, 그렇지. 그래서 밤새 해독 촉매^{베조아르}를 조합했던 거니까."

"그걸 나한테 시술해서 날 원래 모습으로 되돌려줘, 글렌."

"아앙? 너라면 직접 해독할 수 있잖아? 얼른 자력으로……."

"그게, 몸이 어려진 영향인지 마력용량도 줄어들어서…… 자력으로는 어려울 것 같아. 응."

"……바보 아냐?"

글렌은 벌레를 씹은 듯한 표정으로 세리카를 흘겨보았다.

하지만 이건 절호의 비즈니스 찬스이기도 했다.

"뭐, 어쩔 수 없구만. 좋아, 세리카. 백 리르에 네 해독의식 의뢰를 받아들여주지."

글렌은 악당 같은 표정으로 히죽 웃었다.

"배, 백 리르요?! 사부이자, 어머니나 다름없는 분한테 그런 거액을 요구하시겠다는 거예요?!"

그러자 시스티나가 벌떡 일어나서 지적했다.

리르 금화 백 닢이라면 일반 마술강사의 약 네 달분 월급에 해당하는 액수였기 때문이다.

"이건 또 뭔 소리래. 야, 하얀 고양이. 이건 일단 프로 마술사가 정식으로 받은 『의뢰』거든? 이래 봬도 시세로 따지면 파격적인 액수라고 생각한다만?"

"그, 그건 그럴지도 모르지만…… 그래도!"

글렌의 변함없이 변변찮은 행각에 시스티나가 화를 내려 한 순간—

"응, 그거면 됐어. 부탁하마."

세리카는 시원스럽게 승낙했다.

"계약 성립이군?"

그리고 꽃처럼 활짝 웃었다.

"……어? ……진짜 그래도 돼?"

이렇게 간단히 받아들일 줄 몰랐던 글렌의 눈이 점이 되었다.

"그래, 그거면 됐어. 뭐, 따지고 보면 내 실수니까 어쩔 수 없지. 백이든 이백이든 지불해주마."

그 화통한 결단력에 글렌은 한순간 어안이 벙벙했다.

'좋았어어어어어어어어! 일단 비싸게 불러보길 잘했다!'

그리고 마음속으로 승리의 포즈를 취했다.

'수업 중에 하면 해독의식에 쓸 촉매도, 도구도, 약품도 전부 학교 부담! 공짜! 요컨대 경비 제로로 의뢰비는 전부

내 차지!'

백 리르. 평소의 변변찮은 행실 때문에 늘 감봉 처분을 받느라 빈털터리인 글렌에게는 그야말로 군침이 날 정도로 든든한 임시수입이었다.

"지금 선생님이 무슨 생각을 하시는지 손에 잡힐 것처럼 알 것 같아……."

"아하하……."

알기 쉬운 글렌의 표정에 시스티나는 어이없는 한숨을 내쉬었고 루미아는 쓴웃음을 흘렸다.

"……귀엽다."

하지만 마이페이스인 리엘은 여전히 세리카의 머리만 쓰다듬고 있었다.

"하하하! 좋아, 제군! 오늘 점심은 이 글렌 레이더스 대선생님께서 사주마! 감사히 여기도록!"

글렌은 아주 신이 나서 우쭐댔다.

"……즉, 네 해독의식을 받을 때까지 난 이 모습으로 있어야 한다는 뜻이다만…… 뭐, 잘 부탁하마, 글렌. ……여러모로."

세리카는 의미심장하게 중얼거리며 웃었다.

"으, 으응……?"

글렌은 그제야 터무니없는 함정에 빠진 것 같은 기분에 사로잡혔다.

그리고 그 예감은 완벽히 적중했다.

오늘의 등교 시간.

학교 부지 안은 오늘도 활기차게 등교한 학생들로 붐볐다.

수업 시작 전의 비는 시간 동안 학생들은 교실을 이동하거나 복도에서 잡담을 나누었다.

그런 가운데 주위의 시선을 한 몸에 받는 자들이 있었다.

"……."

"~~♪"

무척 불쾌한 얼굴로 복도를 성큼성큼 걷는 글렌과, 그의 손을 잡고 즐겁게 따라가는 세리카였다. 어째선지 그녀는 사이즈가 딱 맞는 여학생용 교복까지 맞춰 입은 상태였다.

"저, 저기…… 저 애는 혹시?"

"응. 아무리 봐도…… 글렌 선생님과 아르포네아 교수님의…… 숨겨둔 아이……."

소곤소곤, 소곤소곤.

글렌과 세리카를 멀리서 바라보는 학생들이 눈살을 찌푸리고 소문을 퍼트렸다.

"저기, 아빠! 오늘은 어떤 수업을 할 거야? 로리카, 엄청 기대돼!"

"아빠라고 부르지 마아아아아아아아아아아아아!"

세리카가 마치 그런 상황에 박차를 가하듯 천진난만하게 묻자, 한층 더 매서워진 시선들이 글렌의 몸에 마구 틀어박했다.

10분 전—.

"이, 이, 이게 대체 어찌된 영문입니까, 학원장니이이이임!"

무슨 영문인지 학교측은 어려진 상태의 세리카가 『로리카』라는 이름의 학생으로 학교에 특별 편입됐으니 글렌에게 편의를 봐주라는 통보를 보냈다.

당연히 글렌은 그 말을 듣자마자 바로 학원장실로 쳐들어갔다.

"어쩌고 자시고 말 그대로이네만…… 세리카 군의 부탁으로 글렌 군과 세리카 군의 딸인 로리카 군을 마술학원에 편입시킨 것뿐일세. ……자, 여기 정식 수속 증명서도 있군."

학원장은 글렌 앞에서 각종 서류를 펼쳐보였다.

서식과 형식은 완벽했지만 정작 중요한 내용은 한눈에 봐도 위조라는 걸 알 수 있을 정도로 엉터리였다. 특히 『로리카』가 호적상으로는 글렌과 세리카의 친딸이라는 시점에서 바닥을 알 수 없는 악의가 느껴졌다.

"하하, 그건 그렇고 설마 자네와 세리카 군이 부부였다니…… 눈치채지 못했군. 이 나의 눈으로도."

"그 눈은 장식이냐!"

글렌은 학원장의 책상을 강하게 내리쳤다.

"아니, 그보다 이 서류. 아무리 봐도 위조잖아요?! 관공서에 문의하면 단박에 들킬 거라고요! 왜 이런 허술한 서류가 통과된 거죠?! 학교의 심사 위원회는 대체 뭘 한 거냐고요! 학원장님도 인감을 찍기 전에 이상하다는 생각은 한 번도 안 하신 겁니까아아아아아?!"

글렌은 지극히 정당한 논리로 주장했다.

"……글렌 군. 내 자네에게 한 가지 하고 싶은 말이 있다네."

하지만 릭 학원장은 갑자기 진지한 표정을 짓더니 글렌을 똑바로 응시했다.

"하, 학원장님……?"

그 엄숙한 분위기에 글렌은 반사적으로 등을 꼿꼿하게 세웠다.

그리고―.

"……로리는 최고지?"

학원장은 당당하게 선언했다.

자세히 보니 신사적인 표정과는 반대로 숨소리가 약간 거칠었고, 눈빛은 완전히 맛이 간 상태였다.

"학원장니이이이이이이임?! 이거 완전히 매료 마술에 지배된 상태잖아아아아아! 이 여자가 진짜아아아아아아?!"

"너, 진짜 이러기야?! 학교의 관련 각 부서에 서류 위조, 뇌물, 암시 마술, 매료 마술, 인식 조작 마술…… 그야말로 온갖 수단을 총동원한 막부가내 풀코스라니, 보통 이렇게까지 하냐고!"

글렌은 싱글벙글 웃는 유녀 세리카―『로리카』에게 울상이 된 얼굴로 따졌다.

정식으로 사무 처리가 끝난 이상 현재 교내에서 로리카가 학생으로 지내는 것에 이의를 제기할 수 있는 자는 아무도 없었다. 마술학원은 완전히 로리카에게 지배된 상태였다.

"응~? 로리카, 그런 어려운 이야기는 잘 모르겠는걸~?"

로리카는 어린애처럼 고개를 갸웃거리며 시치미를 뗐다.

그렇다. 아무래도 로리카는 이런 캐릭터를 관철할 생각인 모양이었다. 정체가 어른인 세리카라는 걸 떠올리면 그야말로 주책 그 이상도 이하도 아니었지만―.

'제길…… 좀 귀엽다고 생각한 날 죽이고 싶어!'

인간이 외부에서 얻는 정보는 시각이 약 8할 이상. 외모 보정은 위대했다.

"야, 너. 적당히 좀……."

글렌이 오갈 데 없는 짜증을 견디지 못하고 로리카의 멱살을 잡으려 한 순간―.

"저기, 저기 좀 봐. 저거."

"응. 아무리 봐도 가정 폭력이지? 가정 폭력."

"저런 귀여운 딸한테…… 저질."

"아이는 부모를 고르지 못한다는 말이 사실이었구나. ……딱하기도 하지."

소곤소곤, 소곤소곤.

글렌과 세리카를 멀리서 바라보는 학생들이 눈살을 찌푸리며 소문을 퍼트렸다.

엉겁결에 손을 멈춘 글렌 앞에서 로리카는 확신범 같은 사악한 미소를 지었다.

"저기…… 스승님? 지금 당장 해독의식을 받아주시면 안 될까요? 돈은 그냥 안 받고 말 테니까요."

자기도 모르게 존댓말이 나왔다.

"안~돼, 아빠. 해독은 수업시간에 할 거잖아? 약속을 제대로 안 지키면 엄마가 화낼걸? 당분간 밥도 안 차려줄걸?"

"아, 예. ……그랬었죠. 약속은 지켜야겠죠……."

오늘의 힐러 스펠 실험 수업은 5교시. 즉, 마지막 시간이었다.

"……속이 쓰려……."

너무나도 긴 오늘 하루 일정을 떠올린 글렌은 진저리를 칠 수밖에 없었다.

사람의 입에 자물쇠는 채울 수 없는 법.

1교시 수업을 위해 글렌 일행이 교실로 들어선 그때였다.

""""잠깐잠깐잠깐만요! 선생님과 아르포네아 교수님의 숨겨둔 아이라는 게 사실이에요?!""""

이미 소문을 들은 학생들이 우르르 몰려들었다.

"""꺄아아아아~! 네가 로리카니?! 꺄아~!"""

"""우오오오오오! 엄청 귀엽잖아! 진짜 쩔어어어어어!"""

그 사랑스러운 외모 덕분에 로리카는 단숨에 주위의 이목을 모았다.

"실망했습니다, 선생님! 당신은 동지라고 믿었는데!"

"맞아! 남자가 어머니와 누나를 사랑하고 소중히 여기는 건 자연스러운 감정!"

"하지만 실제로 손을 대다니…… 같은 마더콤으로서 도저히 상종 못 할 인간 같으니라고! 용서 못 해!"

"누가 마더콤이라는 거야! 누가!"

한편, 글렌은 극히 일부의 성벽(性癖)을 가진 학생들의 비난을 받았다.

"그~러~니~까~ 아니래도! 잘 들어! 너희들, 이 겉모습에 속지 마! 이 주책바가지 꼬맹이의 정체는―, ――."

글렌이 필사적으로 변명하려 했지만, 어째선지 중요한 단어가 입 밖으로 나오지 않았다. 그 부분에서만 입이 뻐끔거렸다.

"응……? 정체가 뭔데요? 선생님."

'제…… 제약이라고!?'

기아스란 행동을 제약하는 마술이다. 대상의 정신에 개입해서 술자가 지정한 행동을 완전히 금지하는 저주에 가까운 마술.

즉, 지금의 글렌은 『로리카의 정체를 밝히면 안 된다』는 기아스가 걸린 상태였다.

'이 자식, 어느 틈에……?!'

뺨을 실룩거리며 로리카를 노려보았지만 당사자는 경국의 대악녀도 두 손 들고 달아날 법한 사악한 미소를 지을 뿐이었다.

'애초에 나한테 이런 큰 딸이 있을 리 없잖아! 아무리 생각해도 연령상 무리가 있건만!'

아마 세리카가 암시 마술도 쓴 것이리라. 그래서 학생들은 그 근본적인 모순을 인식하지 못했다.

'세리카 녀석, 진짜 대체 뭘 하고 싶은 거야?! 빌어먹을!'

글렌이 그렇게 번민하는 한편―.

"로리카라…… 과연 아르포네아 교수님의 딸답네요. 분명 장래에는 엄청난 미인이 될 거예요."

"응, 진짜 귀여워. ……나도 언젠가 이런 딸을 낳았으면."

여학생들은 마치 꿈을 꾸는 듯한 황홀한 표정을 지었다.

"이, 이런…… 로리카 양, 진심으로 귀엽잖아……."

"응……. 천사야……."

"난…… 연상 취향이었는데……."

"로, 로리카 땅. 하아하아……."

"자, 잠깐 루젤! 돌아와! 네 심정은 이해하지만, 저런 작은 아이를 상대로 거기까지 가버리면 인간으로선 완전히 끝장난 거라고!"

"이젠 로리콘이 돼도 괜찮지 않을까?"

"루제에에에에에에엘?!"

남학생들도 새롭게 싹트기 시작한 감정과 경지에 번민했다.

반 전체가 마치 천사(내용물은 악마)처럼 가련한 로리카의 모습에 완전히 홀딱 반한 상태였다.

"상상 이상의 대참사야……."

시스티나는 교실 한구석에서 그런 반 친구들을 바라보다가 머리를 감싸 쥐었다.

"아, 아하하…… 우리도 어느 틈에 기아스에 걸려서 진실을 말할 수 없게 됐으니……."

너무나도 용의주도한 세리카의 행보에 루미아도 쓴웃음밖에 나오지 않았다.

"하아…… 그렇다면 이 상황은 저분이 주도하신 걸로 확정인 거네? ……대체 무슨 생각이신 걸까?"

시스티나는 이렇게까지 일을 크게 만든 세리카의 의도를 파악할 수 없어서 고개만 갸웃거렸다.

"……응. 역시 귀여워."

한편, 리엘은 졸린 듯한 무표정으로 여전히 로리카의 머리만 마구 쓰다듬고 있었다.

마침 그 순간―.

"네 이놈드으으으으을! 대체 언제까지 떠들고 있을 거냐!"

타아악 하고 교실 문을 난폭하게 연 한 남자가 어깨를 들썩이며 고함을 질렀다. 학교의 마술강사인 할리였다.

"이미 수업 시작 시각이거늘! 자리로 돌아가!"

할리의 등장을 계기로 로리카를 에워싸고 있던 학생들은 마치 개미떼처럼 제 자리로 흩어졌다.

"글렌 레이더스, 네놈…… 이 정도의 소란도 수습하지 못하다니. 역시 네놈이 이 학교에 있을 자격은……."

그리고 평소처럼 글렌을 물고 늘어지려한 그때였다.

"……?"

글렌의 허리춤을 불안한 표정(연기)으로 꽉 붙들고 있는 로리카를 보고 눈살을 찌푸렸다.

"그 계집은……? 그 머리카락과 눈동자는…… 흥. 그랬군. ……그렇게 된 거였나."

"아, 눈치채셨습까?! 과연 선배! 역시 사람이 가져야 할 건 믿음직한 인생의 선배라니까요! 사실 전 선배를 줄곧 존경……."

"네놈과 그 마녀가 그런 관계였다니, 솔직히 좀 예상 외였다만……."

"……뷋! 하 선배 따위에게 조금이라도 기대한 제가 바보였습니다. ……그만 돌아가시죠, 하."

"내 평가가 대폭락?! 아니, 그보다 내 이름이 결국 한 글자까지 줄어들었어?!"

글렌의 재빠른 태세 전환에는 제아무리 할리라도 당황할

수밖에 없었다.

"에잇, 아무튼! 그런 젖비린내 나는 어린애를 교내에 들이는 건 그야말로 언어도단! 네놈은 신성한 배움터를 대체 뭐라고 생각하는 거지?! 여긴 탁아소가 아니야! 적어도 5년은 더 공부하고 오도록!"

"아니, 하지만 안타깝게도 서류가 정식으로 통과돼버리는 바람에…… 저도 진짜 진심으로 내키지 않았습니다만……."

"그럼 이 몸이 시험해주지. 그 꼬맹이에게 정말로 이 학교에 들어올 만한 자격이 있는지를! 내 기준을 통과하지 못하는 즉시, 귀가시키도록!"

할리가 그렇게 말하자 교실 전체가 술렁였다.

"흠…… 그럼 이 몸과 마술 토론을 해보자, 소녀여."

마술 문답. 서로에게 마술 이론에 관한 문제를 내고 대답하면서 마술의 기량보다 지식량을 묻는 토론 방식이었다.

어른이자 초일류 마술사인 할리가 어린애를 상대로 이런 제안을 꺼냈다는 것은, 즉…….

"으헉, 할리 자식. 로리카를 완전히 학교에서 쫓아낼 작정이잖아."

"어른스럽지 못하시네요."

"저런 자그마한 애를 상대로……."

학생들은 눈살을 찌푸리며 작은 목소리로 뒷담화를 했다.

"자, 잠깐만요 선배! 그건 그만두시는 편이……."

글렌은 마술 문답이라는 말을 듣자마자 황급히 할리를 말렸다.

"호오? 네놈도 부모라는 건가. 자기 자식이 좌절하는 모습은 보고 싶지 않다는 거냐?"

"아, 아니…… 그, 그런 뜻으로 한 말이 아니라……."

"좋아. 마술 문답, 이랬지? 로리카, 그걸로 할게!"

글렌이 설득한 보람도 없이 로리카는 가슴을 펴고 제안을 받아들였다.

"잠깐! 너, 지금 무슨……."

"호오?"

"로리카는 아빠랑 엄마한테 마술을 잔뜩 배웠는걸! 그러니 괜찮아. 승부해, 아저씨!"

"아, 아저……?! 나, 난 아직 스물여섯…… 에잇! 참 대단한 자신감이군. 이 우물 안의 개구리 녀석! 네놈에게 넓은 세상이 뭔지 가르쳐주마!"

머리에 피가 쏠린 할리는 로리카를 물고 늘어졌다.

"아, 아앗…… 딱하기도 하지."

이건 그 광경을 본 학생들의 감상.

"아, 아앗…… 딱하기도 하지."

그리고 이건 글렌의 감상이었다.

"같은 대사인데 전혀 같은 뜻으로는 안 들리네. ……말이란 건 참 재미있는 것 같아."

"아, 아하하……."

시스티나는 평소처럼 한숨을 내쉬었고 루미아는 모호하게 웃었다.

"……엄청 귀여워."

그리고 리엘은 이 상황은 안중에도 없다는 태도로 로리카의 머리를 계속 쓰다듬었다.

그리고 전원이 지켜보는 가운데 할리와 로리카의 마술 문답이 시작되었다.

'흥! 아무리 그 마녀의 딸이라지만 네놈 같은 어린애에게 승산 따위 만에 하나라도 없다! 경험의 차이라는 게 뭔지 가르쳐주마!'

타타타탁!

할리는 어깨를 들썩이며 칠판 위에 마술식을 적기 시작했다.

수많은 숫자와 기호와 룬의 나열로 칠판을 빼곡하게 채웠다.

"흥! 레스터 도사의 염열 에너지의 도력산출에 관한 3호 방정식이다. 물론 내 독자적인 해석도 들어간! 이걸 풀어봐라!"

"""우와, 절대로 안 질 생각이잖아!"""

"""어른스럽지 못해!"""

그것을 본 학생들이 비명을 질렀다.

"당연히 마도 연산기도, 주판도, 나열 사고 연산 마술 사용도 금지다. ……우리 마술학원의 문을 넘고 싶다면 당연

아바쿠스

히 이 정도쯤은 풀 수 있어야겠지? 큭큭큭······."

할리는 음험하게 웃었다. 평소에 늘 글렌과 세리카에게 휘둘린 원한을 갚고야 말겠다는 듯한 태도였다.

"자, 어서 이 식의 알파 케이스 특이점에서의 근삿값을 산출해보도록! 못 풀겠다면······."

그러자 로리카가 발돋움을 하더니 칠판 아래쪽에 작게 『1.13』이라고 적어 넣었다.

"······어?"

할리는 입을 떡 벌리고 완전히 넋이 나간 표정을 지었다. 로리카가 쓴 숫자가 완벽한 정답이었기 때문이다.

"아저씨, 어때? 맞아?"

"······응, 맞네."

"야호! 그건 그렇고······ 이 식, 굉장하네! 특수 조건이라는 전제가 붙긴 해도 아저씨는 불의 출력을 13퍼센트나 올리는 식을 만들어낸 거구나! 엄마도 분명 놀랄 거야! 제법이라면서!"

로리카의 웃는 얼굴은 천진난만함 그 자체였다.

""로리카, DAEDANHAEEEEEEEEEEEE!"""

다음 순간 반 전체에서 감탄과 환호성이 들끓었다.

"이, 이, 이럴 수가······! 이 식은 내 오랜 연구 성과 중 하나란······ 아직 어디에서도 발표한 적이 없건만······. 그런 걸 마도 연산기도, 주판도, 나열 사고 연산 마술도 없이 암산만으로 풀었다고오?! 이런 젖비린내 나는 꼬맹이가······?! 말도 안 돼!"

"아니, 그러게 하……뭐시기 선배? 그 녀석의 정체는—,
——. 으아아아아아, 진짜! 기아스 짜증 나!"

할리는 새파랗게 질렸고 글렌은 답답한 듯 머리를 쥐어뜯
었다.

"그럼 이번에는 로리카 차례지?"

그러자 로리카가 천진난만한 목소리로 말하며 글렌을 돌
아보았다.

"있잖아, 아빠~. 로리카 좀 들어주면 안 돼? 칠판 위까진
손이 안 닿아."

"후우……."

글렌은 체념한 표정으로 로리카의 겨드랑이 밑을 잡고 머
리 위로 들어올렸다.

"……살살 좀 해."

"응!"

글렌이 속삭이자 로리카는 고개를 끄덕였다.

그리고 분필을 들고 칠판의 왼쪽 끝에서부터 식을 쓰기
시작했다.

"……호오? 시공간 마술에 관한 식인가……."

바로 정체를 간파한 할리가 평정을 가장하면서 안경을 고
쳐썼다.

"그 나이에 시공간 마술에 관한 식을 쓰다니…… 훌륭하

다고 말하고 싶지만, 아직 어설프군. 그런 대학원생용 교재
수준의 식이라면……."

평정심을 되찾은 할리가 그런 말을 하는 사이에 로리카의
휘갈기듯 쓴 식은 칠판 오른쪽 끝에 도달했다.

"저기, 아빠 아빠. 저쪽 저쪽."

"그래 그래."

로리카의 재촉에 글렌은 그녀를 들어 올린 자세 그대로
다시 칠판 왼쪽 끝으로 이동했고 로리카는 먼저 쓴 식의 바
로 아랫줄부터 이어서 식을 쓰기 시작했다.

"흐, 흥! 그 정도의 식이라면."

"저기, 아빠 아빠. 저쪽 저쪽."

"……그래 그래."

타타타타탁……

"……그 정도의 식이라면……."

"저기, 아빠 아빠. 저쪽 저쪽."

"……그래 그래."

타타타타탁……

"……그…… 정도……."

"저기, 아빠 아빠. 저쪽 저쪽."

"……그래 그래."

타타타타탁……

"……."

타타타탁타타타탁타타타탁타타타타탁타타타타탁타타타타
타탁타타탁탁탁탁……

"자, 잠깐 멈춰어어어어어어어어어어어!"

결국 할리는 비명을 지를 수밖에 없었다.

""""……""""

학생들은 입을 떡 벌린 채 다물 줄 몰랐다.

이윽고 칠판 위에 완성된 것은 칠판의 왼쪽 상단부터 오른쪽 하단까지 빼곡하게 채운 초거대 술식이었다.

"평행 세계 간의 상호 시간 흐름에 관한 제3자 시점의 사고 실험 근사식이야. 내가 만든♪"

"바, 방금 뭐라고 말씀하셨습니까?!"

할리는 너무나도 큰 충격을 받은 나머지 엉겁결에 존댓말이 튀어나왔다.

"응, 아저씨. 만약 이 세계에 『신의 시점』이 존재한다고 가정할 경우, 이 의사 조건하에서 두 평행 세계에 흐르는 시간에 세계 주기로 치면 제13피리어드까지 얼마나 차이가 발생할지…… 풀어봐♪ 아, 세계의 예정된 종말 시간까지 계산하면 추가 점수를 줄게!"

학생들은 이미 로리카가 무슨 말을 하는지 눈곱만큼도 알아듣지 못하는 상태였다.

"야, 살살 좀 하랬잖아……."

"어? 아빠, 이건 내가 한가할 때 심심풀이로 고안한 마술

식인데?"

글렌이 뺨을 실룩거리며 로리카의 정수리에 주먹을 대고 문지르자 그녀는 어리둥절한 표정으로 고개를 갸웃거렸다.

"하, 하나만 물어보자. 이 식을 풀 때 마도 연산기나 주판이나 나열 사고 연산 마술의 사용은……?"

할리는 비지땀을 철철 흘리며 애원하듯 물었다.

"어? 필요해?"

하지만 로리카는 한없이 천진난만한 표정으로 잔혹한 대답을 했다.

"조, 조, 조, 좋다! 풀어주마! 풀어주고말고! 나, 나는 천재…… 그래, 천재다! 이 정도의 간단한 문제쯤…… 얼마든지 풀어주고말고오오오오!"

울상이 된 할리는 뒤집어진 목소리로 외치면서 초난관 문제에 도전했다.

그리고 30분 후―.

"허억~ 허억~ 허억~."

"와, 대단해! 아저씨, 굉장한 사람이었구나! 완전 정답!"

로리카는 완전히 초췌해진 할리에게 손뼉을 치며 찬사를 보냈다.

"다, 다, 다, 당연하지. 이, 이 몸은, 처, 천재니까……!"

할리는 떨리는 목소리로 허세를 부렸다.

"응! 그럼 다음 문제로 넘어가자! 아저씨!"

하지만 로리카의 너무나도 잔혹한 발언 앞에서는 좌절하지 않을 수 없었다.

"푸흡?!"

할리의 몸이 소스라치게 떨렸다.

"마술 문답? 은 이제 막 시작된 거잖아? 아저씨는 이런 간단한 문제가 아니라 좀 더 어려운 문제를 풀어야 날 인정해줄 거지?"

"그, 그, 그래! 나, 난 아직 네놈을 인정한 건……!"

"그럼 간다~? 이번에는 나부터지? 이번 문제는 인과율 운명론의 영원한 테마인 운명 타파! 이 조건으로 확정된 운명을 뒤집을 때 필요한 이론적인 마력양은?"

타타타타타타타탁……

—생략.

"아직 더 간다~! 다음은 개념존재 정의 의론! 이 조건으로 소환할 수 있는 『악마』를 이론적으로 창조해봐!"

타타타타타타타탁……

—생략.

"다음은 백금술, 생명 신비학 문제! 새로운 생명을 제로부

터 창조할 때 필요한 에너지 총량을 사고 실험으로······ 즉,
신의 시점에서 산출해봐!"

타타타타타타타탁······.

생략. 생략. 생략——.

그리고—.

"예, 인정하겠습니다. ······당신은 이 학교에 들어올 자격
이 충분한 햇병아리 마술사입니다. 예······."

완전히 새하얗게 타버린 할리는 교실 구석에서 무릎을 끌
어안은 채 항복하고 말았다.

"해냈어, 아빠! 나, 저 아저씨한테 어엿한 햇병아리 마술
사라고 인정받았어! 칭찬해줘!"

"세상천지에 너 같은 햇병아리가 어딨냐."

글렌은 두통을 참을 수가 없었다.

""로리카, DAEDANHAEEEEEEEEEEE!"""

""장하다, 로리카아아아아아아!"""

그리고 반 전체에서 큰 환호성이 터졌다. 너무나도 귀여운
용모와 탁월한 능력. 로리카는 이미 아이돌취급을 받고 있
었다.

"이런 어린애가······ 설마······ 나를 뛰어넘는······ 내 재능
따윈 어차피 인간의 범주······ 진정한 천재란 이다지도······

중얼중얼…… 중얼중얼……."

한편, 자신이 절대로 뛰어넘을 수 없는 절망적인 벽을 보고 만 할리는 완전히 마음이 꺾인 상태였다.

"하, 할리 선생님도 천재인 건 틀림없으신데 말이지……."

"아하하…… 이번만큼은 상대가 너무 안 좋았어."

시스티나는 평소처럼 한숨을 내쉬었고, 루미아는 모호하게 웃었다.

"응……. 잘했어."

리엘은 졸린 표정으로 로리카의 머리를 계속 쓰다듬었다.

이렇게 해서 어려진 세리카— 로리카를 반의 일원으로 더한 하루가 시작되었다.

겉모습은 어린애지만 내용물은 어른. 그것도 다름 아닌 그 『세리카』다.

당연하겠지만, 수백 년을 살아온 전설의 마술사인 세리카의 『평범함』과 일반적인 마술사의 『평범함』의 기준은 그야말로 하늘과 땅만큼 차이가 있었다.

그러다 보니 글렌에게는 당연히 골치가 아플 수밖에 없는 시간이 계속되었다.

소환술 수업 시간—.

『KRARARARARARARARA!』

"저건 또 뭐야아아아아아아아!"

연습장 한복판에 출현한 산처럼 거대한 용의 포효에 글렌이 절규했다.

"대, 대체 누구야아아아! 드래곤 씨를 소환해버린 녀석으으으은!"

"아, 그건 로리카야."

"너, 바보 아냐?! 위험하지 않은 마수를 부르라고 했잖아!"

"응~? 그치만 아빠. 저건 아직 지성을 획득하기 전인 평범한 성룡······ 잔챙이인데? 조금도 위험하지 않······." ^(어덜트 드래곤)

"널 기준으로 생각하지 말라고! 당장 돌려보내애애애애애애!"

『KRARARARARARARARARA!』

""""로리카, DAEDANHAEEEEEEEEEEEE!""""

""""최고야아아아아아아!""""

흑마술 실습 시간—.

퍼어어어어어어어어어어엉!

로리카가 날린 흑마【게일 블로】가 일으킨 돌풍이 표적인 인간형 골렘과 함께 그 뒤에 있는 숲까지 송두리째 날려버렸다.

하늘 높이 치솟아서 마치 콩알처럼 작아진 나무들과 완전히 맨살을 드러낸 지표면을 본 학생 일동은 경악한 나머지 입조차 열지 못했다.

"적 당 히 좀 해, 이 멍청아아아아아아아아!"

글렌은 로리카의 머리를 양손으로 움켜잡고 사정없이 흔들어댔다.

"너, 어린애가 돼서 마력이 없다는 거 새빨간 거짓말이지?! 대체 어떻게 해야 호신용 비살상 어설트 스펠로 저런 터무니없는 위력을 낼 수 있는 거냐고!"

"아빠도 참. 궁리야, 궁리."

로리카는 종이를 한 장 꺼내들었다. 거기에는 독자적인 개변으로 마(魔)개조된 【게일 블로】의 주문과 마술식이었던 『뭔가』가 적혀 있었다.

"적은 마력으로도 주문을 궁리해서 위력을 증폭하면 이 정도쯤……."

"괜한 짓 좀 하지 말라고!"

"""로리카, DAEDANHAEEEEEEEEEEEE!"""

"""최고야아아아아아!"""

쉬는 시간─.

"후힛, 후히힛. 아가씨~ 아주 참 귀엽구만?"

복도를 걷던 로리카에게 수상한 남자가 말을 걸었다.

학교의 마술강사인 체스트 남작이었다.

"자네는…… 로리카 양이라고? 이 아저씨랑 좋은 경험 좀 해보지 않겠니?"

"좋은 경험?"

"……절대로 아프거나 수상한 일은 아니란다. 아저씨의 정신 지배 마술 훈련을 도와주기만 하면 돼. 하아…… 하아……."

"좋아. 아저씨의 정신 지배 마술이 얼마나 성장했는지 로리카가 시험해줄게♪"

"후, 후오옷……! 인스피레이셔어어어어어언! 그럼 당장……."

로리카가 기이할 정도로 흥분한 체스트의 뒤를 따라가려 한 그때였다.

"수상한 사람을 따라가면 안 된다고 했지이이이이!"

"끄아아아아아아악?!"

어디선가 맹렬하게 달려온 글렌이 완벽한 날아차기로 체스트를 날려버렸다.

"야, 인마. 너, 체스트……. 우리의 천사에게 대체 뭘 보여주려고 한 거야? ……아앙?!"

"이건 체벌이 필요하겠네요……."

로리카 친위대로 변한 학생들이 우르르 몰려와서 체스트를 포위했다.

"히, 히이익?! 자, 잠깐 기다려주게 제군! 난 그저 저 아이의 아빠가 되고 싶었을 뿐……."

"……베어버리겠어."

착 가라앉은 눈의 리엘은 그렇게 선언하자마자 어느 틈에 연성한 대검을 높이 들어올렸다.

뒤에서 들리는 단말마를 의식적으로 무시한 글렌은 로리카에게 항의했다.

"너 말야, 지금 네 모습과 상태가 어떤지 자각은 있는 거야?! 평소처럼 마력을 쓸 수 없다며?! 저런 변태를 따라갔다가 만에 하나라고 문제가 생기면 어쩌려고 그래!"

"응~? 아빠도 참, 걱정도 팔자라니까~."

"으아아아, 진짜! 제발 오늘 하루가 빨리 끝났으면!"

"아하하, 글렌 선생님. 오늘은 로리카랑 종일 찰싹 붙어계시네."

그런 두 사람의 모습을 루미아가 흐뭇한 눈으로 지켜보았다.

"정말이지! 저분도 주책이라니까! 나이 값도 못하고 저런 어린애 흉내를…… 진짜 창피하지도 않으신 걸까?!"

"후후, 시스티도 참…… 혹시 질투?"

"뭐?!"

"그러고 보니…… 오늘은 로리카 때문에 선생님이 널 조금도 상대해주시지 않았지?"

"아, 아, 아니야! 내가 말하고 싶은 건 그런 게 아니라! 저런 나이 값도 못하는 태도가 문제라고 말하고 싶었던 것뿐이지 결코……!"

시스티나가 새빨개진 얼굴로 반박했지만 루미아는 다 안다는 얼굴로 쿡쿡 웃을 뿐이었다.

—그리고 대망의 5교시.

"드디어 해독의식 실습 시간이 온 건가……."

학생들이 모인 마술의식실에서 글렌이 피곤한 목소리로 중얼거렸다.

"야…… 로리카."

"응? 왜애~? 아빠."

"연기는 그만 집어치워. ……이제 슬슬 학교 전체에 건 암시나 매료나 기아스 등을 해제해. 이대로 네가 어른의 모습이 됐다간 상황이 더 번거로워진다고."

"……흐음, 그렇겠군. 슬슬 이 장난도 끝인가."

글렌이 지극히 당연한 의견을 제시하자 세리카는 그제야 평소의 태도로 돌아왔다.

"개인적으로는 좀 더 즐기고 싶었다만…… 어쩔 수 없군."

세리카가 손가락을 울리자 학생들의 몸이 동시에 움찔거렸다.

"어, 어라? 방금 뭔가……."

"왜, 왠지 머릿속이 갑자기 개운해진 것 같은……?

갑자기 몰아친 신비한 감각에 학생들은 눈을 휘둥그레 떴다.

"아하하! 너희들, 오늘은 미안하게 됐다. 실은 전부 내 장난이었어."

이렇게 해서 이번 사태의 해명 타임이 시작되었다.

학생들은 어안이 벙벙한 얼굴로 어려진 세리카의 목소리

에 귀를 기울였다.

"즉…… 마술약에 의한 변신 마술의 실패로 어른의 모습으로 돌아갈 수 없게 된 거라고……."

"하, 하긴 그렇겠지. 역시 아르포네아 교수님의 장난이었던 거야."

"애초에 선생님한테 저렇게 큰 딸이 있다는 건 나이로 봤을 때 무리잖아."

"어, 어째서 우린 아무런 의문도 못 느낀 거지……?"

그리고 저마다 납득해준 것 같았다.

"후우…… 나 원 참."

글렌은 안도의 한숨을 내쉬었다.

"이제 남은 건 해독의식으로 세리카를 원래 모습으로 되돌리기만 하면 끝이군. ……자, 이리 와. 세리카."

"그래, 잘 부탁하마."

글렌이 교실 중심부에 그려진 법진의 한가운데로 세리카를 데려간 순간—.

"잠깐 기다려어어어어어어어어어어어어어어!"

그렇게 외치며 의식실 안으로 달려오는 남자가 있었다.

체스트 남작이었다.

"칫. ……아직도 안 죽은 건가."

"응. ……베어버릴게."

그러자 남학생들과 리엘이 격분하기 시작했다.

"자, 잠깐! 제군, 내 이야기 좀 들어보게! 제발!"

체스트 남작은 창백한 얼굴로 악을 썼다.

"난 이 해독의식에 반대한다아아아아아아아아아!"

"좋아, 리엘. 베어버려. 내가 허락할게."

"응."

리엘은 무표정으로 대검을 겨누었다.

"히이이익?! 아니, 좀 기다려달라고 했잖은가! 사람 말은 끝까지 좀 들어!"

체스트 남작은 뒷걸음질 치면서 당당하게 선언했다.

"아무튼 로리카 양에 관한 사정은 전부 들었다!"

"언제, 어디서?"

체스트는 글렌이 도끼눈을 뜨며 날린 태클을 무시하고 뒷말을 이었다.

"제군! 다시 한 번 잘 생각해보게! 정말로 괜찮겠나? 지금부터 이 해독의식을 집행한다는 건, 즉…… 거기 있는 로리 천사가 우리 앞에서 영원히 사라진다는 뜻이란 말일세!"

"……뭐어?"

"""?!"""

글렌은 어이없는 표정으로 중얼거렸지만 학생들은 화들짝 놀라서 눈을 크게 떴다.

"그 눈으로 똑똑히 보게! 저 기적처럼 아름답고 사랑스러운 로리카 양의 신성불가침한 자태를! 나는 저 모습을 보기만 해도 빵 세 개쯤은 거뜬히 해치울 수 있지! 나는 저 금실 같은 황금색 머리카락에서 감도는 향기를 맡기만 해도 호수 물을 바닥까지 들이킬 자신이 있네! 저 어린 모습이기에 허락되는 한 점의 더러움도 없는 순진무구한 궁극의 미를 잃는 건…… 그야말로 인류의 크나큰 손실이라 해도 과언이 아닐 터! 안 그런가, 제군!"

"변태다……."

제아무리 글렌이라도 기겁할 수밖에 없었다.

"제군은 받아들일 수 있겠나?! 따지고 보면 글렌 선생은 우리의 천사를…… 로리카 양을 이 세상에서 말살하려는 속셈이란 말일세! 제군들은 이런 악랄하기 짝이 없는 행위를 못 본 척하겠다는 건가?! 그게 정말 인간이 할 짓이란 말인가!"

"이보쇼……."

"내 이렇게 부탁하겠네! 내 말에 조금이라도 느끼는 바가 있다면…… 힘을 빌려주게, 제군! 저 인류의 지보를 파괴하려는 이 세상의 모든 악— 글렌 선생을 타도하기 위해!"

학생들을 실컷 선동한 체스트는 마지막으로 양팔을 활짝 펼치고 이렇게 선언했다.

"그래……. 이것이야말로 신의 이름하에 이루어지는 정의로운 싸움, 성전이니라아아아아아!"

교실이 단숨에 조용해졌다.

"……바보 같은 자식. 누가 네 헛소리에 동조를…… 어?"

그리고 글렌은 눈치챘다.

반 학생들이 어딘지 모르게 착 가라앉은 눈으로 자신을 주목하고 있다는 사실을…….

"어, 어라~? 서, 서, 설마하니 너희들…… 저 변태의 발언에 공감한 건 아니겠지?"

그 순간.

부우우우우우우우웅!

강속검이 글렌을 향해 날아들었다.

"흐어어어어어어어억?!"

간신히 몸을 뒤로 뺀 글렌의 콧잔등을 대검이 스치고 지나갔다.

이 공격을 감행한 인물은 물론―.

"너, 너, 이게 갑자기 무슨 짓이야! 리에에에에엘!"

리엘이었다.

"난 잘 모르겠지만."

대검을 고쳐쥐는 리엘의 눈은 평소처럼 졸려 보였으나 왠지 모를 살기가 느껴졌다.

"……아무튼 글렌이 잘못했어."

리엘은 그렇게 단언한 후 다시 대검을 휘둘렀다.

"뭐어어어어어?! 그건 또 무슨 소리야?!"

"괜찮아! 칼등으로 칠 거니까!"

"괜찮을 요소가 하나도 없거든?!"

"로리카는 내가 지킬 거야! 이이이야아아아아아압!"

"히이이이이이이이이이이이익!"

리엘이 붕붕 휘두르는 강속검을 글렌은 필사적으로 피해 다녔다.

"마, 맞아. ……우리는 대체 왜 그런 생각을 했던 거지?"

"응……. 로리카의 정체가 아르포네아 교수님이든 뭐든 상관없잖아!"

"그래……. 로리카를 영원히 잃는다니…… 그런 일은 결코 일어나선 안 돼!"

"지키자!"

리엘의 공격을 계기로 학생들의 사고가 엉뚱한 방향으로 흘러가기 시작했다.

"모두들! 지금이 바로 우리가 들고 일어설 때야!"

"맞아! 우리에게서 로리카를 부당하게 빼앗으려는 글렌 선생님을 해치우자!"

"""우오오오오오오오오오오오오오오오오!"""

그리고 글렌을 향해 일제히 달려들었다.

"웃기지 말라고오오오오! 이제 와서 갑자기 또 왜 이러는 건데?!"

글렌은 학생들의 공격을 필사적으로 피하면서 비명을 질렀다.

"야, 세리카! 이게 대체 어찌된 노릇이야!"

"으음~? 학교 전체에 건 매료 마술의 효과가 아직 완전히 해제되지 않은 건가~? 혹시 어린애의 모습이 된 영향으로……? 흐음……?"

눈앞에서 벌어진 상황을 세리카는 속편하게 분석했다.

"에잇! 그럼 빨리 디스펠부터 해!"

"응, 알았어. 그럼 어서 날 원래 모습으로 되돌려줘."

"이 멍청아, 지금 그런 여유가 있어 보이냐고오오오오!"

글렌은 질풍노도의 배틀로얄 도중에 절규했다.

"이이이이이야아아아아아아압!"

검을 휘두르며 달려드는 리엘.

"아버님! 따님을 저에게 주십쇼오오오오오오오오!"

혼잡한 틈을 타서 헛소리를 지껄이는 체스트 남작.

"""이젠 로리콘이라고 불려도 상관없어어어어어어어어어어!"""

상식을 내팽개친 학생들.

이미 이 교실 안은 걷잡을 수 없는 혼돈의 연회장이 되고 말았다.

"……끔찍해."

그리고 시스티나는 평소처럼 한숨을 내쉬었고.

"아, 아하, 아하하……."

루미아는 모호하게 웃을 수밖에 없었다.

……그리고 혼돈의 연회가 끝난 후.

"이제야 겨우 수습됐구만……."

글렌과 세리카는 날이 저물어서 완전히 어두워진 귀갓길을 나란히 걷고 있었다.

"수고했어. 고생했지?"

세리카는 장난스럽게 웃으며 말했다.

그녀는 해독의식이 무사히 끝난 덕분에 여느 때와 다름없는 절세의 미녀로 되돌아온 상태였다.

"칫. 이게 다 대체 누구 때문인데……."

토라진 글렌은 이제 꼴 보기도 싫다는 듯 시선을 피했다.

"그 소동 때문에 파손된 의식실 수리비용이 딱 백 리르였다고! 완전히 헛고생이었잖아, 젠장!"

"아하하, 기분 풀어. 사과의 의미로 오늘 저녁밥은 네가 좋아하는 걸로 만들어줄 테니까."

한편, 세리카는 어째선지 무척 기분이 좋아 보였다.

"그럼 오늘 저녁은 뭘 먹을래?"

온화한 목소리로 묻는 세리카에게 글렌은 마침 떠오른 의문을 입에 담았다.

"야…… 세리카. 넌 왜 어린애 모습이 되려고 한 거야?"

"…………."

"네가 【셀프 폴리모프】에 실패했다는 건 거짓말이지? 틀림없이 의도적이었을 거야. 넌…… 이런 난장판을 벌이면서까지 대체 뭘 하고 싶었던 건데?"

"…………."

세리카는 잠시 말이 없었다.

두 사람은 그저 묵묵히 길을 걸었다.

이윽고 글렌이 대답을 듣는 걸 거의 포기한 순간.

"……요즘 넌 말이다."

세리카가 불쑥 말을 꺼냈다.

"왠지…… 학생들하고만 붙어 다녔잖아? 난 완전히 내팽 개쳐두고."

"뭐어?"

"그러니…… 만약 내가 학생들보다 작아진다면…… 나한 테도 좀 더 신경을 써 주지 않을까?"

세리카는 그렇게 말하며 글렌을 돌아보았다.

"……뭐, 대충 그런 느낌?"

그리고 마치 악동처럼 웃었다.

"……참 나."

글렌은 한숨을 내쉬면서 머리를 벅벅 헤집을 수밖에 없었다.

"오늘은 여러모로 힘을 빼서 배가 엄청 고파졌으니 든든 하게 먹고 싶어. 고구마랑 향초를 넣은 로스트 치킨, 연어 스튜, 미트파이, 스카치 에그, 피시 앤 칩스 곱빼기, 호밀빵. 물론 추가분까지 포함해서. ……분명 뭐든지 만들어주겠다고 했지?"

글렌은 불퉁한 얼굴로 시선을 피하고 오늘 밤 메뉴를 주문했다.

"식후에는 네가 탄 홍차랑 네가 만든 다과로 느긋하게 티타임이나 가져보자고. ……이거면 됐냐?"

"알았어. 아무래도 좀 손이 많이 가겠지만…… 오늘밤은 특별히 만들어줄게."

세리카는 그제야 만족스럽게 웃었다.

어스름한 달빛이 그런 두 사람의 앞길을 부드럽게 비추어 주었다.

병약여신 세실리아

Sickly-Goddess-Cecilia

Memory records of bastard
magic instructor

어느 날 심야.

오늘 업무를 마친 제시카 헤스티아는 자기 방의 업무용 의자에 지친 몸을 뉘었다.

잠시 그대로 한숨 돌리다가 램프 불빛에 의지해서 사랑하는 딸이 한 달에 한 번 보내주는 봉투를 부리나케 잘라냈다.

안에 들어있는 건 작은 마정석(魔晶石) 하나뿐. 제시카는 그것을 꺼내 책상 위에 있는 음성 재생용 마도기에 살며시 세팅했다.

『안녕하세요, 어머니. 그동안 잘 지내셨는지요.』

그러자 음성재생기의 나팔 부분에서 젊은 소녀의 투명한 목소리가 들리기 시작했다.

이 마정석에는 녹음 마술로 음성이 기록되어 있었다. 제시카와 딸의 근황 보고는 이런 식으로 하는 게 관례였다.

딸의 근황 보고는 여느 때처럼 정형적인 인사말로 시작되었다.

법의사로서 매일 격무에 시달리는 제시카에게 이렇게 한 달에 한 번 딸의 근황 보고를 듣는 것은 그 무엇과도 바꿀 수 없는 소중한 시간이었다.

제시카는 미리 준비해둔 티세트로 컵에 홍차를 따랐다.

그리고 방 안에 퍼지는 홍차의 그윽한 향기와 열기를 즐

기며 딸의 목소리에 귀를 기울였다.

『……제 어머니이자, 법의사로서의 스승이기도 하신 당신의 곁을 떠나 알자노 제국 마술학원에 취업한 지 이번 달로 1년째가 됩니다. 돌이켜 보면 정말 눈 깜짝할 사이였네요.』

'이 아이가 내 곁을 떠난 지 벌써 그렇게 됐나……'

제시카는 홍차의 표면에 비친 자신의 눈동자를 바라보며 멍하니 생각에 잠겼다.

'어릴 때부터 병약한 데다 몸도 약했으니…… 당시에는 어차피 한 달도 못 버티고 집으로 돌아올 줄 알았건만……'

『지금은 직장에도 완전히 익숙해졌어요. 법의사로서의 일에도 보람을 느끼고요. 그리고 이 학교에서 열심히 공부해서 언젠가 반드시 제 꿈을 이루고 싶답니다.』

'……꿈이라. 이 아이는 아직도……'

돌이켜 보면 딸이 집을 나갈 때는 꽤 심하게 다퉜었다.

제시카는 딸의 재생된 음성을 흘려들으며 당시를 회상했다.

—약한 네 몸으로 그런 건 무리야! 넌 얌전히 내 밑에서 조수로 일하면 돼!

—어머니, 아니…… 제시카 선생님! 전 반드시 꿈을 이루고 말 거예요.

거의 싸우다시피 헤어진 그날도 이제 와서는 좋은 추억이었다.

'열심히 살고 있구나……'

겉으로는 완고한 데다 잔소리가 심한 어머니처럼 행동하고 있지만 속으로는 그런 딸을 응원하고 있었다. 마침내 자식에게서 졸업할 날이 온 걸지도 몰랐다.

'이젠 슬슬…… 좋은 짝을 찾았으면 좋겠는데……'

이런 걱정을 하는 시점에서 자신도 나이를 먹었다는 것을 실감하고 쓴웃음이 나왔다.

제시카가 왠지 가슴이 간질거리는 것을 느끼며 찻잔에 입을 대고 홍차를 마신 순간―.

『그럼, 어머니. 마지막으로 하나― 쿨럭! 커허어어억!』

철퍽! 촤아악!

갑자기 세찬 기침소리와 뭔가 끈적끈적한 액체가 성대하게 바닥에 쏟아지는 불길한 잡음이 앙상블을 이루었다.

"푸우우우우우우웁!"

제시카는 자기도 모르게 홍차를 내뿜을 수밖에 없었다.

조금 전까지의 온화한 시간이 단숨에 막을 내리고 황급히 음성 재생기에 달려들었다.

『쿨러! 커헉! 으, 아, 피가아……우웨에에에에엑!』

철퍽! 철퍽! 철퍽!

뚝뚝뚝…….

"잠깐, 애, 애! 괜찮은 거니?! 응?!"

제시카는 이것이 마정석에 녹음된 과거의 음성이라는 것조차 잊고 재생기를 향해 애타게 소리 질렀다.

『나, 난감하네…… 콜록?! 녹음 중에 발작이…… 후우우우우! 콜록콜록콜록! 허억! 허억! 이, 이건…… 다시 녹음해야…… 쿨럭?!』

철퍽! 촤아아…….

음성 재생기에서 담담하게 재생되는 딸의 괴로운 신음과 피를 토하는 소리.

머릿속에선 거의 반사적으로 현장의 참극이 재현되었다.

제시카는 심장이 벌렁거리는 것을 느끼며 떨리는 손을 마치 기도하듯 맞잡고 재생되는 음성에 간절히 귀를 기울였다.

『휘우…… 휴우…… 콜록! 약……약은 어디에 있지? 일단 녹음을…… 중지……해야…….』

그리고 잠시간의 공백 후.

콰당! 우당탕!

챙가아아아아아아아앙!

누군가가 쓰러지는 소리와 뭔가가 성대하게 깨지는 소리가 울려 퍼졌다.

정적.

그 후 음성 재생기에서는 아무 소리도 들리지 않게 되었다.

"……."

석상처럼 굳어버린 제시카는 한동안 넋이 나간 얼굴로 음성 재생기를 응시할 수밖에 없었다.

하지만 곧 서서히 정신을 차린 후—.

"세실리아아아아아아아아아아아!"

한밤중의 헤스티아 치료원에서는 딸의 이름을 부르는 제시카의 비통한 절규가 메아리쳤다.

"우째서 내가 이런 꼴을……."

알자노 제국 마술학원.

오늘도 여느 때와 다름없이 이런저런 소동에 휘말려서 온몸이 넝마처럼 변해버린 글렌은 침울한 표정으로 투덜거렸다.

"후훗, 오늘은 한층 더 심하게 당하셨네요."

그런 글렌의 손을 잡아끌면서 걸어가는 여성의 이름은 세실리아 헤스티아.

나이는 열아홉. 선이 가늘고 정갈한 외모. 끌어안으면 부러질까봐 겁이 날 정도로 화사하고 단아한 몸매. 발밑까지 닿지 않을까 싶은 긴 백금발은 세 가닥으로 땋았고, 기장이 긴 하얀 법의를 걸친 덧없는 인상의 여자였다.

화려한 세리카와는 다른 방향성의 미녀이자 교내의 모두가 인정하는 법의술의 전문가이기도 했다.

"하얀 고양이 녀석, 그렇게까지 화낼 필요는 없잖아? …… 투덜투덜."

"자자, 어서 들어오세요. 글렌 선생님."

세실리아는 토라진 글렌을 교내의 의무실로 맞아들였다.

순백색으로 통일된 청결한 이 공간이야말로 그녀의 전장이었다. 세실리아는 이곳에 상주하는 법의사였기 때문이다.

"그런데 세실리아 선생님…… 진짜 괜찮겠습까? 이 정도의 상처라면 제가 직접 치료해도……."

"안 돼요."

세실리아는 마치 고집부리는 아이를 타이르는 것처럼 검지를 세우고 말했다.

"적당한 치료를 했다가 상처가 남으면 안 되잖아요? 이런 건 전문가에게 맡겨주세요."

그리고 살포시 웃었다.

글렌과는 같은 나이의 동료지만 평소에 이래저래 신세를 지는 일이 많다 보니 아무래도 그녀 앞에서는 고개를 들기가 어려웠다.

"으, 음. 뭐…… 세실리아 선생님이 그렇게까지 말씀하신다면…… 저기, 죄송합니다."

"후훗, 신경 쓰지 마세요. 이게 제 일인걸요."

이렇게 해서 세실리아는 글렌을 의무실 침대 위에 앉힌 후 능숙하게 치료를 시작했다.

탈지면과 소독약으로 글렌의 온몸에 생긴 상처를 소독한 후—

"으음~ 이 정도의 상처라면…… 하지만 가벼운 화상도 있

으니…… 응. 치료 연고는 스테로 영약(靈藥)을 쓸게요."

작은 병에 담긴 하얀 연고를 손가락으로 퍼서 발랐다.

근대의 힐러 스펠은 기본적으로 『대상의 자체 치유 능력을 증폭시켜서 상처를 고치는 방식』이 주류다.

하지만 이 경우에는 인체의 생명 활동이 비정상적으로 촉진되므로 피시술자의 몸에도 큰 부담이 간다. 신체 결손이나 골절 같은 큰 부상에 무턱대고 힐러 스펠을 썼다가 후유증이 남는 경우도 허다했다.

하지만 힐러 스펠을 시술할 때 적절한 사전 치료, 외과 처치, 치료 보조약의 조합 등에 지식을 가진 전문가가 있다면 치료 효율이 급등하고 신체 부담은 격감했다.

이렇게 마술 중에서도 특히 법의 계통 마술에 특화한 자들을 법의사라 한다.

"《자애의 천사여·그자에게 안식을·치유의 손길을》."

사전 치료를 마친 세실리아가 엄숙한 목소리로 영창하자 따스한 빛이 글렌의 몸을 감싸더니 상처들이 눈 깜짝할 사이에 흔적도 남기지 않고 사라졌다.

"자, 끝났어요."

세실리아는 글렌의 몸에 남은 연고를 닦으면서 웃었다.

"휘익~! 벌써요? ……여전히 굉장한 실력이시네요."

평소에는 좀처럼 남을 칭찬하지 않는 글렌조차 솔직하게 찬사를 보낼 정도로 세실리아의 기량은 탁월했다.

"어떤가요? 어디 위화감이 느껴지거나 하진 않나요?"

"아뇨. ……전혀. 오히려 전보다 상태가 좋을 정도예요."

물론 글렌도 이 정도 치료는 본인의 힐러 스펠로 충분히 가능했다.

하지만 제법 시간이 들고 2~3일은 피부가 당기는 듯한 위화감이 남곤 했다.

법의술에 관해서는 루미아도 제법 실력이 괜찮은 편이지만 역시 세실리아에 비하면 크게 손색이 있는 편이었다.

"하하, 과연 세실리아 선생님……."

글렌이 미소를 지으며 진심으로 그녀의 실력에 찬사를 보내려 한 순간─.

"쿠허억?!"

웃는 얼굴의 세실리아가 느닷없이 피를 토했고─.

철퍽!

글렌의 얼굴이 새빨갛게 물들었다.

"세, 세실리아 선생님?! 아, 진짜! 이것만 없었으며어어어언!"

글렌은 머리를 감싸 쥔 뒤 쓰러지려는 세실리아를 부축했다.

법의술에 탁월한 세실리아의 유일하면서도 가장 큰 약점은 이렇듯 극도의 허약, 병약 체질 때문에 사소한 일로도 발작을 일으켜서 피를 토하고 쓰러지는 경우가 일상다반사라는 것이었다.

"괘, 괜찮……아요. 조금, 피곤해진 것……뿐이니까요……."

세실리아는 글렌의 품속에서 흰자위를 드러내며 몸을 덜덜 떨었다.

"좀 지쳤다고 피를 토하는 사람이 세상에 어딨냐고요! 아, 진짜! 누, 누가 법의사 선생님 좀 불러와!"

"예⋯⋯. 저, 전데요."

"그러고 보니?!"

글렌이 당황하며 머리를 부둥켜 안은 그때였다.

타아악!

갑자기 의무실 문이 난폭하게 열리더니 한 여성이 모습을 드러냈다.

나이는 40대 중반쯤. 안경 너머의 눈빛은 매우 지적이고 날카로웠다. 나이 때문에 눈가와 입가에 주름이 약간 눈에 띄었지만 젊었을 때는 상당한 미녀였을 듯한 용모. 그리고 무엇보다 가장 특징적인 부분은―.

"어, 어라⋯⋯?"

글렌은 품속의 세실리아와 여성을 번갈아 보았다. 어딜 봐도 닮은 꼴이었다.

"혹시 당신은⋯⋯?"

그 추측을 뒷받침하듯 세실리아가 놀란 얼굴로 입을 열었다.

"어, 어머니⋯⋯? 어째서⋯⋯ 이런 곳에⋯⋯."

"정말이지, 너란 애는⋯⋯."

그 여성, 세실리아의 친모인 제시카는 어이없는 얼굴로 한숨을 내쉬었다.

잠시 후—.

"여, 역시 어머니는…… 대단해요."

"위, 위에는 위가 있는 법이구만."

의무실에서 완전히 건강해진 세실리아가 눈을 깜빡였고 글렌은 놀라서 입을 떡 벌렸다.

그 후 제시카는 세실리아의 몸에 주사기로 뭔가 약물을 투여하고 한 소절 영창으로 단숨에 상태를 회복시켰다.

바로 조금 전까지 절찬했던 세실리아의 기량이 빛바래 보일 정도로 격이 다른 법의술 실력이었다.

"이게 대체 어찌된 일이니? 세실리아, 설명해보렴."

"……?"

세실리아는 처음에는 무슨 소린지 몰라 고개를 갸웃거렸다.

"아."

하지만 이윽고 뭔가를 눈치챈 듯 웃는 얼굴 그대로 비지땀을 흘리기 시작했다.

"호……혹시…… 평소의 그거…… 제가 실수로 다시 녹음한 버전이 아니라 그 전 버전을 보낸 건가요?"

"후우……."

제시카는 성대하게 한숨을 내쉬며 안경을 고쳐 썼다.

"네 몸이 약한 건 원래 그랬지만…… 더 나빠진 거지?"

"괘, 괜찮아요! 어머니! 그때의 발작은 사실 평소에 비하면 가벼운 편이라……."

"가벼운 편? 그게?"

안경 너머의 눈이 한층 더 날카로워졌다.

"……아, 아으……."

제 무덤을 판 세실리아는 몸을 움츠릴 수밖에 없었다.

잠시 무거운 침묵 후―.

"집으로 돌아오렴, 세실리아."

제시카가 담담한 목소리로 말하자 세실리아는 몸을 움찔거렸다.

"역시 너한테 이런 일은 버거워. 집으로 돌아오렴. 넌 몸에 무리가 가지 않는 선에서 내 조수로 일하면 돼."

"그, 그건……."

하지만 세실리아는 보기 드물게 험악한 표정으로 거절했다.

"싫어요! 저에겐 이루고 싶은 꿈이 있는걸요!"

"그 꿈 때문에 수명이 줄어들면 아무런 의미도 없어."

"그, 그래도 저는……!"

그리고 세실리아는 글렌에게 애원하는 듯한 시선을 보냈다.

"맞아! 글렌 선생님도 어머니께 뭐라 말씀 좀 해주세요!"

"……알겠습니다. 제3자의 시점에서 솔직한 의견을 말씀드리죠."

글렌은 진지한 표정으로 세실리아를 똑바로 바라보더니

가느다란 어깨에 두 손을 올리고 이렇게 말했다.

"선생님께선 진심으로 하루 빨리 집에 돌아가시는 편이 나을 것 같습니다."

"……너무해요!"

세실리아는 충격 받은 얼굴로 눈물을 글썽였다.

아무튼 제시카와 세실리아의 의견은 이런 식으로 서로에게 한 걸음도 양보하지 않은 채 계속 평행선을 이루었다.

"뭐, 네가 내 말을 잠자코 들을 거란 생각은 안 했다. 넌 날 닮아서 고집이 센 구석이 있으니…….

이윽고 제시카가 체념한 듯 한숨을 내쉬었다.

『하긴, 그런 점은 닮았을지도…….』

"그러니까 대신 조건을 하나 제시할게. 난 오늘 하루 네 곁에서, 네가 어떻게 일하는지 관찰해보겠어."

『어머니께서요……?』

"그래서 정말로 네가 이 학교의 법의사로서 완벽하게 일하고 있다면 더는 뭐라고 하지 않으마. 하지만 만약 문제가 있다면…… 넌 꿈을 포기하고 얌전히 집으로 돌아오렴. 알겠지?"

『알았어요. 오늘 하루 동안 저한테 아무런 문제도 없다는 걸 증명하겠어요.』

"……진짜 고집도 세기는."

제시카는 어이없는 눈으로 세실리아를 흘겨보았다.

"……뭐, 그래봤자 말다툼 좀 했다고 빈혈로 쓰러져서 제대로 말도 못 하는 너한테는 무리겠지만."

"으음, 그게…… 「그건 말씀하지 마세요」. ……라네요."

이때까지 침대에 축 늘어진 세실리아의 얼굴에 귀를 대고 대신 말해주던 글렌이 신음을 흘렸다.

"으음…… 이건 무리일지도……."

그리고 제시카처럼 한숨을 내쉬었다.

날씨가 화창하고 햇살이 따스한 오후.

"세실리아 선생님, 괜찮으세요?"

"저기, 사정은 들었지만 너무 무리하지 않으시는 편이……."

"괜찮아요. 콜록! ……여기서 물러설 수는 없어요. 그리고 이건 제 일이니까요…… 콜록!"

학교 부지 안에 있는 마술 경기장으로 이동하는 학생들 중에는 글렌, 시스티나, 루미아, 리엘이라는 평소의 멤버와 간신히 걸을 수 있을 정도로 회복한 세실리아의 모습이 있었다.

"글렌 선생님의 다음 수업은 마술전투 교련이죠? 학생이 가장 다치기 쉬운 수업이에요. 그러니 법의사가 입회하는 편이 더 안심되잖아요?"

"뭐, 그건 그렇습니다만…… 일부러 자신을 궁지에 몰아넣지 않아도…… 하다못해 얌전히 의무실에 앉아 계시는 편이……."

"……."

글렌이 그렇게 말하다 뒤를 돌아보자, 약간 떨어진 위치에서 따라오는 제시카가 마치 얼음장 같은 눈으로 세실리아를 관찰 중이었다.

'오늘내일하는 병약한 세실리아 선생님을 집으로 데려가겠다라…… 뭐, 모친으로선 당연한 판단이겠지.'

아무튼 세실리아의 장래(주로 수명)와도 관계되는 일이라 글렌은 섣불리 참견할 수 없었다.

그렇게 답답한 기분으로 고민에 잠긴 순간—.

"부탁이에요, 글렌 선생님. ……폐가 된다는 건 알지만, 제발 저에게 힘을 빌려주세요. ……콜록! 콜록!"

또 기침을 하기 시작한 세실리아가 애원했다.

"전…… 무슨 일이 있어도 이 일을 계속 하고 싶어요."

"어째서 그렇게까지……."

"……꿈이 있거든요."

세실리아는 살포시 웃으며 대답했다.

"전에 교사가 되고 싶었다고 말씀 드린 적이 있지만……실은 한 가지 더 소중한 꿈이 있답니다."

"……꿈인가요."

"예. ……글렌 선생님은 현 제국의 법의 치료 현황을 알고 계시나요?"

"예, 그야. 뭐……."

솔직히 말하면 법의 치료는 아직 일반에 보급되지 않은

상태였다.

이 나라에서 마술의 은혜를 받을 수 있는 건 기본적으로 마술사들뿐이라, 마술과 인연이 없는 일반인은 어지간해선 해당사항이 없었기 때문이다.

"마술사가 아닌 일반인이 법의 치료를 받으려면 어마어마한 폭리를 감수하면서까지 마술사를 개별적으로 고용할 수밖에 없어요. 그런 일이 가능한 건 일부의 특권 계급뿐이죠."

"뭐, 그렇죠. 법의 계통 마술도 따지고 보면 군용 마술의 일종이니까요."

전장에서 다친 병사를 한시라도 빨리 현장에 복귀시키고자 하는 발상에서 탄생한 것이 바로 법의술이었다. 결국 이 또한 글렌이 기피하는 살인을 위한 마술인 셈이다.

"제 친가인 헤스티아 가문은 공적인 입장에서 일반인들을 법의술로 치료해도 좋다는 허가를 받은 극소수의 예외예요. 헤스티아가는 원래 법의술 연구의 명문이라, 연구를 진행하는 과정에서 아무래도 환자가 필요할 수밖에 없으니……."

세실리아는 복잡한 표정을 지었다.

"그런 저희 가문에서 치료를 받을 때조차 환자에게 수비 의무를 엄수하게 하기 위한 각종 서류 수속과, 일반 의사의 소개문과, 제법 고액의 치료비가 필요해요. ……법의 치료를 받으려면 굉장히 높은 허들을 넘어야 하는 셈이죠."

"……."

"제가 어릴 때 어머니께선 늘 이렇게 한탄하셨어요. ……
모두가 평등하고 간편하게 법의 치료를 받을 수 있는 『법의
원』 제도만 있었다면…… 훨씬 더 많은 사람을 구할 수 있을
거라고요."

그리고 세실리아는 마치 눈이 부신 것처럼 아득히 먼 하
늘을 우러렀다.

"저도 훨씬 더 많은 이들을 구하고 싶어요. 어머니의 소원
을 이루어드리고 싶어요. ……그러니 전 언젠가 이 나라에
『법의원』 제도를 정착시키고 싶답니다."

"……?!"

"물론 전 어머니를 법의술의 스승으로서 존경하고 있지
만…… 집에 틀어박혀서 연구만 하는 방식으로는 결코 이
나라에 새로운 바람을 불러올 수 없다고 생각해요."

그녀는 가녀리면서도 강한 의지가 깃든 목소리로 열변을
토했다.

"하지만 이곳이라면…… 알자노 제국 마술학원이라면……
법의술을 연구하면서도 마술에 관한 법률 같은 다양한 지
식을 배울 수 있어요. 강연회 등을 통해 제 생각을 많은 학
생들에게 전파할 수 있어요. 마술사로서 위계를 올리면 마
술학회에서 다양한 유력자와 접촉해 영향력을 쌓을 수도 있
어요. 예, 이곳이라면……."

하지만 세실리아는 곧 부끄러워졌는지 얼버무리듯 웃었다.

"아, 아하하…… 우습죠? 세상물정 모르는 철부지의 허황된 꿈이라고…… 병약한 자기 몸조차 제대로 돌보지 못하면서…… 글렌 선생님께서도 분명 그렇게 생각하시겠지만……."

"……웃을 리 없잖습니까."

글렌은 따스하고 힘차게 웃어주었다.

"솔직히 훌륭하시다고 생각합니다. 언뜻 빛나는 것처럼 보였을 뿐인 환상을 무턱대고 쫓았던 저와 달리…… 세실리아 선생님께서 믿고 나아가는 길에는 눈부신 태양 같은 의지가 느껴지는 걸요."

"맞아요! 저도 응원할게요!"

"예! 힘내세요, 선생님!"

그러자 시스티나와 루미아도 약간 흥분한 기색으로 응원했다.

"아, 아니에요. 저 같은 게 무슨……."

세실리아는 빨개진 뺨을 손으로 가렸다.

"……."

그리고 제시카는 멀리서 그런 딸의 뒷모습을 말없이 바라보았다.

"아무튼 그런 사정이 있으시다면, 세실리아 선생님. 어머님의 기준을 채울 수 있도록 오늘 하루는 저희가 전력으로 도와드리겠습니다! 응? 너희도 괜찮지? 하얀 고양이, 루미아."

"물론이죠!"

"예. 세실리아 선생님…… 저희도 온 힘을 다해 도와드릴 테니 뭐든지 말씀해주세요."

시스티나와 루미아가 쾌히 승낙하자 세실리아는 감격했는지 눈물을 글썽이며 기도하듯 가슴 앞에서 손을 맞잡았다.

"콜록! 고맙습니다, 여러분. ……전, 정말 기뻐요."

그야말로 지켜주고 싶은 미소였다.

"세, 세실리아 선생님. 피, 피……."

입가를 타고 흐르는 피만 없었다면 말이지만…….

'그런데 세실리아 선생님도 그렇고, 하얀 고양이랑 루미아도 그렇고…… 왜 내 주위에는 이렇게 신념을 가진, 강하고 총명한 여자들이 많은 걸까?'

글렌이 현실에서 도피하며 쓴웃음을 지은 그때였다.

"응. ……알았어. 나도 세실리아를 도울래."

리엘이 어느 틈에 고속 연성한 대검을 어깨에 짊어지고 중얼거렸다.

"그럼…… 제시카? 를 해치우면 되지? 그걸로 전부 해결……."

"평소처럼 바보 같은 네 모습을 보니 왠지 엄청 안심감이 들긴 하는데, 제발 그만둬어어어어어어어어어!"

글렌은 제시카를 향해 부리나케 걸어가는 리엘의 꽁지머리를 황급히 낚아챌 수밖에 없었다.

"아무튼 그런 고로, 오늘 마술전투 교련 시간은 특별히 세실리아 선생님께서 참관해주실 예정이다."

"2학년 2반 여러분, 잘 부탁드려요."

"""와아아아아아아아아아아!"""

세실리아가 가볍게 목례하자 학생들, 특히 남학생들이 크게 흥분했다.

교내 신문부에서 정기적으로 발표하는 각종 교내 랭킹, 그중에서도 『지켜주고 싶은 덧없는 미인 랭킹』에서 늘 톱을 독주하는 세실리아는 사춘기 남학생들이라면 당연히 누구나 동경하는 대상이었기 때문이다.

"좋았어! 세실리아 선생님이 봐주신다면 오늘은 안심이네!"

"오히려 다치고 싶어!"

카슈를 필두로 한 남학생들은 여느 때처럼 소란을 피우기 시작했다.

"거기, 남자분들! 시끄러워욧!"

그러자 웬디를 비롯한 여학생들은 거기에 태클을 걸었다.

"후우, 여전하구만……."

글렌은 한숨을 내쉬었다.

"저기 말이다. 너희도 잘 알겠지만…… 세실리아 선생님은, 그게…… 몸이 그리 건강하신 편이 아니잖아?"

"윽…… 하긴 그러셨죠."

"그러니 너희도 선생님께 너무 부담이 가지 않도록 부상에는 충분히 주의하면서 훈련을……."

글렌이 거기까지 말한 순간—.

"아뇨, 그러실 필요는 없습니다."

제시카가 대화에 끼어들었다.

"언제 어느 때건 자신의 목숨과 바꿔서라도 환자를 치료하는 것이야말로 법의사의 본분이니까요. 환자가 법의사의 몸 상태를 염려할 필요는 없습니다. 처음부터 그럴 각오가 없는 인간은 법의사가 돼선 안 돼요."

담담한 목소리로 말하던 제시카는 차가운 눈으로 세실리아를 흘겨보았다.

"안 그런가요? ……세실리아 선생님."

웅성웅성…….

"……예."

제시카의 냉담한 말투에 학생들이 당황했고 세실리아는 각오를 다진 눈으로 고개를 끄덕였다.

"원래 법의사는 전장에서 병사들과 운명을 함께 하는 자들이에요. 최전선에서 목숨을 걸고 싸우지 않는 대신, 부상당한 병사들을 한 명이라도 많이 치료할 의무가 있는 자들. ……저에게 그렇게 가르쳐주신 건 어머…… 아니, 제시카 선생님이셨죠."

"좋은 대답이군. 어디 한 번 기대해보마."

제시카는 도발적으로 대답하며 머리를 쓸어 올렸다.

"저 사람, 누구지……? 설마 세실리아 선생님의 어머님……?"

"온화한 세실리아 선생님과 달리 왠지 뭐랄까…… 보기만 해도 등골이 저릿저릿한 느낌이…….."

"숙녀의 색기…… 저런 사람이 미마녀(美魔女)[#1]라는 걸까?"

"우후후…… 진성 S 숙녀도 괜찮은걸? 하아…… 하아…… 결혼하고 싶다."

"돌아와! 루제에에에에에에에엘!"

학생들이 그런 난리법석을 일으키는 한편—.

"세실리아 선생님…… 어쩌죠? 제시카 씨는 완전히 선생님을 박살낼 심산이신가 본데요."

글렌은 씁쓸한 표정으로 세실리아에게 귓속말을 건넸다.

"하지만 어머니께서 하신 말씀은 사실이에요. 이 정도도 극복하지 못하면 법의사를 자부할 자격은……."

"세실리아 선생님."

"걱정하지 마세요, 글렌 선생님. 전…… 괜찮으니까요."

세실리아는 밝게 웃었다.

"오늘은 어머니께 제 법의사로서의 힘을 증명하기 위해…… 온힘을 다하겠어요! 이 수업에서 다친 학생들을 전부 치료하겠어요! ……이 몸이 새하얗게 불타버릴 때까지!"

그녀의 눈빛은 평소처럼 온화했지만 그 안에서는 흔들림 없는 신념과 결의가 느껴졌다.

"알았습니다. ……그 정도까지 각오하셨다면 저도 더 드릴

#1 미마녀(美魔女) 35세 이상의 재색을 겸비한 여성을 가리키는 일본의 신조어.

말씀이 없군요."

"글렌 선생님……."

"진부하게 들릴지도 모르겠지만…… 마지막까지 힘내십쇼."

"예!"

글렌의 격려에 세실리아는 힘찬 목소리로 대답했다.

그리고 마술전투 교련 수업이 시작되었다.

오늘 수업 내용은 일대일 결투를 중심으로 한 마술전투 훈련이었다.

아무리 진리탐구의 수단이라고는 해도 마술이 투쟁과 함께 발전했다는 것은 엄연한 사실이다. 그런 점에서는 과학기술과 일치했다.

마술 자체가 다툼과 트러블을 끌어들이는 일종의 운명적인 중력이라는 것을 부정하는 자는 아무도 없었다. 그래서 개인적인 호오를 불문하고 마술을 배우는 학생들에게 『마술사의 전투 방식』이라는 게 뭔지 대략적으로나마 가르쳐주기 위한 수업이었지만…….

"좋았어! 이겼다!"

"제, 제길! 하, 한 번 더! 한 번 더 해! 이번에는……!"

강함을 동경하는 젊은이들은 별다른 저항감을 느끼지 못하는 듯했다.

싸움을 기피하는 일부 학생들은 서로 뭉쳐서 상대가 다치지 않도록 조심스럽게 훈련을 진행했으나 대다수는 마음껏 마술을 난사하며 싸움에 열중했다.

"그~러~니~까! 승패도 중요하지만, 그보다 더 중요한 게 있잖아! 자신이 어떻게 이긴 건지, 왜 진 건지를 고찰해서 마술사로서의 지혜를……."

"그딴 것보다, 시스티나! 나랑 붙어보자! 오늘이야말로 이기겠어!"

"사람 말 좀 들어!"

시스티나의 설교도 전혀 통하지 않았다.

"……좋았어! 기블한테 처음으로 이겼다!"

"큭…… 내가 이런 실수를?!"

아무리 비살상계 주문만 쓸 수 있다고는 해도 그런 식으로 전력을 다해 싸우다 보니 당연히 부상자가 나올 수밖에 없었다.

"야, 잠깐! 괜찮아?!"

"흥…… 문제없어. 네 【게일 블로】에 맞고 날아갔을 때 제대로 낙법을 취하지 못했던 것뿐이야."

분한 얼굴로 오른쪽 발목을 잡고 쪼그려 앉은 기블을 본 카슈가 걱정스러운 얼굴로 달려왔다.

"이 정도쯤은…… 《천사의—."

기블이 짜증스러운 목소리로 힐러 스펠을 영창하려 한 순간—

"그만."

세실리아가 갑자기 다가오더니 검지를 세워서 기블의 입을 막았다.

"그렇게 적당히 치료하면 안 돼요. 저한테 맡겨주세요."

"앗?!"

기블은 화들짝 놀라서 떨어지려 했다.

"사, 상관하지 마세요! 이 정도의 상처라면 저 혼자서도……."

"확실히 통증은 멎겠지만, 부상이 습관성이 될 우려가 있어요. 계속 같은 부위를 다치고 싶진 않죠?"

"으……."

기블은 말문이 막혔지만 세실리아는 개의치 않고 나긋나긋한 손가락으로 그의 신발을 벗긴 후 냉기 주문으로 약간 부은 환부를 식히며 테이프를 감았다.

"후훗, 당신이 이 수업에서의 제 첫 환자네요."

"……그거 참 죄송하게 됐군요."

표정은 떨떠름했으나 평소에는 입만 열면 빈정대는 기블이 이때만큼은 꿔다 논 보릿자루처럼 얌전해졌다.

"《자애의 천사여·그자에게 안식을·구원의 손길을》."

세실리아가 신중하게 힐러 스펠을 영창하자 발목의 붓기가 눈 깜짝할 사이에 가라앉았다.

"……?!"

"단숨에…… 굉장하다."

자신들과는 차원이 다른 세실리아의 기량 앞에서 기블과 카슈는 눈을 휘둥그레 떴다.

"그 테이프는 한동안 그대로 두세요. 괜찮아요. 움직임을 방해하지 않도록 감았으니까요. 그래도 무리하진 말구요."

세실리아가 방긋 웃었다.

"……가, 감사……합……니다……."

기블은 그녀를 쳐다보지도 않고 일방적으로 더듬더듬 감사를 표한 후 카슈와 함께 부랴부랴 떠났다.

"야, 기블…… 너, 왠지 얼굴이 빨갛다? ……아항~? 너, 혹시 저런 연상의 누님이 취향이었냐~?"

"다, 닥쳐! 누가! 그보다 다음 시합이야! 조금 전 같은 행운은 이제 없을 줄 알아!"

그런 두 소년의 등을 흐뭇한 얼굴로 바라보던 세실리아는 갑자기 무릎에 힘이 풀리며 그 자리에 쓰러졌다.

"……아무래도…… 전 여기까지인가 보네요."

"세, 세실리아 선생님?!"

글렌은 새하얗게 타버린 세실리아를 황급히 안아 일으켰다.

눈에 흰자위만 보이는 데다 표정은 공허했고 입에서는 마치 영혼이 빠져나가는 듯했다.

"……모두 불태워버렸어요……."

"잠깐, 벌써 한계?! 너무 이른 거 아니에요?! 수업을 시작한 지 고작 10분, 첫 번째 환자잖아요?!"

"역시…… 의무실을 나와 강한 햇볕을 쬐면서 이 먼 곳까지 걸었더니 누적된 대미지가…… 마치 보디 블로처럼……."

"허약한 것도 정도가 있지?!"

글렌은 뒤를 흘끔 쳐다 보았다.

'이런, 제시카 씨가 보고 계시잖아. 엄청 뚫어지게 쳐다보고 계셔?!'

"현기증! 그냥 현기증이니까 문제 없슴다!"

누가 물어보지도 않았건만 글렌은 팔짱을 낀 채 차가운 시선을 보내는 제시카를 향해 황급히 큰 목소리로 변명했다.

"그, 그건 그렇고 어쩌지?! 어딜 어떻게 봐도 완전히 빈사 상태잖아. ……이런 상태로 수업에 참관하는 건 무리……."

그때였다.

"글렌 선생님……. 이렇게 된 이상 최후의 수단…… 콜록콜록! 가, 가방을…… 제 가방을…… 안에서 작은 병을……."

"가방? 작은 병?"

글렌은 그녀 옆에 있는 가방을 열었다. 안에는 누가 봐도 수상한 색의 액체가 든 작은 병이 빼곡하게 들어 있었다.

"이, 이건……?"

"자, 자양강장제랑…… 영양제랑…… 고양제랑, 흥분제랑…… 아무튼 잔뜩 배합해서…… 제 마술 약학(藥學) 지식을 총동원해서 만든…… 특제 포션……. 그걸…… 저에게……."

글렌은 비지땀을 흘리며 정체를 알 수 없는 포션을 응시했다.

"효능은?"

"……기운이 생겨요."

"이거 명백히 위험한 종류의 약 아닌가요?"

"……위험하죠."

두 사람은 뭐라 형언할 수 없는 침묵에 사로잡혔다.

"아니, 아니…… 이건 좀 아니죠."

글렌은 고개를 젓고 가방을 닫으려 했다.

"부, 부탁이에요! 선생님……!"

하지만 세실리아는 떨리는 손으로 그 손을 움켜잡고 눈물을 글썽이며 애원했다.

"저, 전…… 꿈을…… 포기하고 싶지…… 않아요! 어머니께…… 한 사람 몫의 법의사로…… 인정받고 싶어요! 그러니……!"

의식은 몽롱한 것 같지만 눈에는 확고한 의지가 깃들어 있었다.

그 누구도 침범할 수 없는 눈부신 영혼의 광채, 태양의 의지가…….

'참 나…… 내 주위에 있는 여자들은 다들 왜 이리 고집이 센 건지…….'

글렌은 체념한 듯 한숨을 내쉬었다.

"……알겠습니다. 지금부터 이 약을 먹여드리면 되는 거죠?"

"감사……합니다……."

"……죽으시면 안 됩니다?"

그렇게 해서 글렌은 세실리아의 갸름한 턱을 잡아 올린 후 반쯤 벌어진 입에 병 주둥이를 대서 그녀의 목구멍으로 보기에도 끔찍한 액체를 흘려넣었다.

"꿀꺽. 꿀…… 커헉?! 으으읍~?! 으그르으으으으으읍?!"

목이 아픈 건지, 아니면 냄새를 견딜 수 없는 건지 세실리아의 눈이 튀어나올 것처럼 크게 벌어졌지만 그녀는 괴로워하면서도 약을 마셨다.

"겨, 견뎌 주십쇼! 힘내세요! 세실리아 선생님!"

글렌은 고뇌에 찬 표정으로 마치 기도하는 것처럼 손을 떼지 않았다.

그리고 마침내 약을 다 마신 세실리아가 갑자기 그 자리에서 벌떡 일어났다.

"우핫ㅋㅋㅋㅋ 힘이 샘솟는다ㅋㅋㅋㅋㅋㅋㅋ!"

기력이 MAX를 돌파한 세실리아가 마치 한여름의 태양처럼 압도적인 열량을 띤 미소로 기괴한 웃음을 터뜨렸다.

"몸이 가벼워ㅋㅋㅋㅋ 나ㅋㅋㅋㅋ 이젠 아무것도 두렵지 않아ㅋㅋㅋㅋ 기분 최고~ㅋㅋㅋㅋㅋㅋㅋ!"

"……망했다."

글렌은 머리를 감싸 쥘 수밖에 없었다.

"저기요, 세실리아 선생님? 저쪽에서 린이 다쳐서…… 아."

그러자 마침 이쪽으로 달려온 시스티나가 완전히 맛이 가버린 세실리아의 모습을 보고 아연실색한 표정을 지었다.

"오ㅋㅋㅋㅋㅋ 파악ㅋㅋㅋㅋ 사고는 의무실에서 일어나는 게 아니라ㅋㅋㅋㅋ 현장에서 일어나는 거군요ㅋㅋㅋㅋㅋ 우효오오오오옷~!"

세실리아는 린을 향해 단숨에 달려갔다. 도저히 허약체질로 보이지 않는 역동적인 움직임이었다.

"뭐, 뭐죠……?"

글렌은 뺨을 실룩이며 기겁한 시스티나에게 말없이 약병을 보여주었다. 그러자 그녀도 대충 눈치껏 상황을 파악한 모양이었다.

"어, 어쩌실 건가요? 이대로면 세실리아 선생님은……."

"어쩌고 자시고 본인은 포기할 생각이 없어. ……그렇다면 이 위험한 약을 더 못 마시게 하는 수밖에 없잖아!"

"하, 하지만 이런 수업에선 부상자가 나올 수밖에 없는데……!"

"그럼 그 부상자를 최대한 줄여볼 수밖에 없잖아아아아아!"

글렌은 귀기 어린 표정으로 마술전투 훈련에 여념이 없는 학생들을 향해 돌진했다.

"《뇌정의 자전이여》!"

"우왓?!"

로드가 날린 전격이 카이에게 직격하려는 순간.

"위험해애애애애애애애애애!"

글렌이 카이를 감싸듯 몸을 날렸다.

파지지지지직!

"으꺄아아아아아아아악?!"

감전된 글렌은 그 자리에 콰당 쓰러졌다.

"서, 선생님?!"

"야, 야 인마…… 로드. 너무 흥분했잖아……. 방금 건 마력이 좀 셌어. 이런 걸 맞으면 상대는 쓰러질 때 낙법을 취할 수 없다고……."

"아, 그게…… 죄송합니다."

로드가 고개를 꾸벅 숙인 그때—.

"《위대한 바람이여》!"

"꺄아아아아아아!"

다른 장소에서 웬디가 돌풍에 휘말린 채 위로 날아가는 모습이 보였다.

"놓칠까 보냐아아아아아아아아아아아아!"

백마 피지컬 부스트를 전개한 글렌이 그쪽을 향해 전력으로 달려갔다.

"우오오오오오오오! 확보 성고오오오오옹!"

그리고 공중에서 웬디를 공주님 안기 자세로 확보했지만 그대로 추락하더니 마치 썰매처럼 바닥에 등을 대고 쭈욱

미끄러졌다.

"훗…… 무사해?"

"아, 예……. 선생님 덕분에 다친 덴 전혀 없지만……."

웬디는 글렌의 품속에서 살짝 뺨을 붉혔다.

"이런! 저 녀석들, 냉기 계통 주문을 저렇게 오래?! 저대로 두면 동상에 걸리겠군! 난 이만!"

하지만 글렌은 바로 웬디를 내려놓더니 또 부상자가 생길 것 같은 곳을 향해 달려갔다.

"우오오오오오오오오!"

넓은 경기장 이곳저곳을 뛰어다니며 최대한 부상자가 발생하지 않도록 학생들을 도왔으니, 당연히 글렌의 몸에는 생채기가 잔뜩 생겼다.

"《자애의 천사여·그자에게 안식을·구원의 손길을》! 《자애의 천사여·그자에게 안식을·구원의 손길을》!"

그리고 한편으로는 자신의 몸에 직접 힐러 스펠을 써서 세실리아가 주문을 쓸 틈을 주지 않으려 했다.

"서, 선생님……."

"세실리아 선생님을 위해서……."

시스티나와 루미아는 그런 글렌의 필사적인 모습에 눈물을 금할 수 없었다.

하지만 그런 눈물겨운 자기희생 정신을 발휘했음에도 부상자가 발생하는 건 완전히 막을 수 없었다.

"넌 이미…… 완치됐다."

두둥!

세실리아가 마치 세기말 패자 같은 분위기를 자아내며 기묘한 자세를 취했다.

"굉장해! 손끝에 살짝 닿기만 했는데 전부 나았어!"

"과연 세실리아 선생님이셔!"

"젠자아아아아아앙! 늦었다아아아아아아아!"

"자, 여러분! 다치신 분은 모두 저한테 오세요! 아니, 오히려 더 다쳐주세요! 꺄하하하하하하하!"

"세실리아 선생님! 제발 무리하지 좀 마시라고요오오오!"

글렌의 필사적인 노력도 허무하게 수업은 계속 이런 식으로 진행되었다.

"상처입고 길을 헤매는 어린 양들이여, 제 곁으로 오십시오. 저는 모든 것을 치유하는 자. 저야말로 알파이자 오메가, 시작이자 끝. 전 목마른 자에게는 대가를 바라지 않고 생명을 물을 제공하겠으니……."(꿀꺽꿀꺽)

"세실리아 선생님?! 그건 이제 그만 좀 드시라고요오오오!"

세실리아가 그 위험한 약을 복용하는 것도 막지 못했다.

그리고―.

"이걸로 끝. ……후후, 이젠 조심하셔야 해요?"

"감사합니다. 세실리아 선생님……."

세실리아는 치료를 마친 학생이 꾸벅 고개를 숙인 후 수업으로 돌아가는 모습을 흐뭇한 눈으로 지켜보았다.

"후우…… 역시 법의사 일이라는 건 참 힘드네요."

피로를 느끼고 이마에 맺힌 땀을 훔쳐낸 순간—

"고생하는구나, 세실리아."

뒤에서 약간 쉰 여자의 목소리가 들렸다.

"할머니?!"

반사적으로 고개를 돌린 그곳에는 인자하게 웃는 노부인이 서 있었다.

"어머니만 오신 게 아니라 할머니도 오셨던 거였어요?!"

세실리아는 사랑하는 할머니의 모습을 보자마자 기쁘게 웃었다.

"후후후…… 세실리아. 오늘 네가 노력하는 모습을 줄곧 지켜보고 있었단다."

"그, 그러셨구나. ……왠지 부끄럽네요."

"하지만 세실리아…… 내 귀여운 손녀야. 너무 조바심을 낼 필요는 없단다. 제시카는 날 닮아서 고집이 세지만…… 언젠가 반드시 노력하는 널 인정해줄 테니까……."

"그럴……까요?"

"그렇고말고. 자신을 믿으렴, 세실리아."

"예. ······할머니."

제시카와 마찬가지로 초일류 법의사였던 할머니. 그런 할머니에게 칭찬을 듣자 왠지 무척 자랑스러운 기분이 들었다.

"······그런데 할머니."

"음? 왜 그러니?"

"어떻게 여기 계신 거예요? 할머니께선 분명 5년 전에 돌아가셨을 텐데······."

"세실리아 선생님! 제발 돌아오시라고요오오오오!"

글렌은 바닥에 대자로 뻗은 세실리아를 품에 안은 채 연신 뺨을 후려쳤다.

"······중얼중얼······ 할머니······ 나도······ 그쪽으로······ 중얼중얼······."

"대체 뭘 보고 계신 거죠?! 그쪽으로 가시면 안 된다구요!"

루미아도 뭔가 헛소리를 중얼거리는 세실리아에게 필사적으로 힐러 스펠을 걸었다.

"······헉?! 여, 여기는······?"

그렇게 주위에서 학생들이 걱정스러운 눈으로 지켜보는 가운데, 세실리아가 별안간 눈을 떴다.

"정신을 차렸어?! 다, 다행이다······."

"······할머니가······ 저에게······ 아직 이쪽으로 오는 건 이르다고······."

"뭔지 잘 모르겠지만, 할머님! 굿 잡!"

세실리아는 정신이 몽롱한 건지 잠시 자신이 처한 상황을 파악하지 못했지만 곧 침울한 표정을 지었다.

"……그렇……군요. 제가…… 역시 쓰러졌던 건가요……."

"예, 무리하시다가……."

"저기…… 그럼 수업은 이미?"

"예, 끝났습니다."

글렌은 거북한 표정으로 대답했다.

"그런……가요……"

"더 두고 볼 것도 없겠네. 집에 갈 준비나 하렴, 세실리아."

그러자 크게 낙담한 세실리아의 뒤에서 제시카가 차가운 목소리로 가차 없는 선고를 내렸다.

"필요한 서류 같은 건 내가 처리해둘 테니까."

"그럴 수가, 어머니…… 저는……."

"역시 너에게는 무리야."

애원하는 시선을 보내도 단호한 대답으로 돌아오자 세실리아는 더는 아무런 말도 할 수 없었다.

"……."

실제로 결과를 내지 못했다. 세실리아는 망연자실한 얼굴로 고개를 숙인 채 그 자리에 못 박힌 듯 서 있을 수밖에 없었다.

그러자 글렌과 학생들 사이에 무거운 분위기가 감돌기 시작했다.

"어? 세실리아? 여길 떠나는 거야? 왠지 서운해……."

그런 리엘의 혼잣말에 대답해줄 수 있는 사람은 아무도 없었다.

그리고 제시카는 세실리아와 학생들을 내버려두고 상쾌하게 떠나갔으나…… 갑자기 도중에 걸음을 멈추었다.

"……으……큭?!"

자세히 보니 그녀는 몸을 떨면서 가슴을 누른 채 괴로운 표정을 짓고 있었다. 안색도 단숨에 창백해졌고 이마에는 비지땀이 한가득 맺혔다.

"설마, 이런……?"

"……어머니? 왜 그러세요?"

세실리아는 상태가 이상해진 제시카에게 물었다.

"아, 아니…… 아무것도…… 아니야!"

하지만 제시카가 거절하듯 고개를 휘두르고 그대로 한걸음을 내디딘 그때였다.

"……아……."

갑자기 몸이 기울더니 그대로 힘없이 바닥에 쓰러졌다.

누가 봐도 심상치 않은 모습이었다.

"꺄아아아아?! 어머니?! 저, 정신 차리세요!"

친모이자 스승이기도 한 사람이 갑자기 쓰러지는 것을 본 세실리아가 이성을 잃고 황급히 달려가서 안아 일으켰지만 제시카는 이미 의식을 잃은 건지 아무런 반응도 보이지 않았다.

"뭐, 뭐하시는 겁니까! 세실리아 선생님! 긴급 환자를 그렇게 막 흔들면 안……."

"어머니! 어머니!"

글렌의 목소리가 들리지 않는 건지 세실리아는 연신 도리질을 치며 애타게 소리쳤다.

"제길…… 세실리아 선생님은 틀렸군. 루미아!"

"아, 예!"

글렌의 지시를 받은 루미아가 동요해서 이성을 잃은 세실리아 옆에서 제시카의 용태를 살폈다.

"어때? 뭔가 좀 알겠어?"

"맥박이 너무 빨라요. 열도…… 그리고 생체 마나의 흐름이 왠지 이상한 것 같은데? 아, 안 되겠어요. 아마 이건 단순한 실신이 아니에요. ……아무래도 제시카 씨는 전부터 심한 병을 앓고 계셨던 것 같아요!"

"그럼……?"

"예, 제 능력으로는 무리예요. 하지만……."

루미아는 옆을 힐끔 돌아보았다.

"아……아아아…… 그, 그런…… 어째서……? 싫어, 싫다구요, 어머니……! 눈을 떠요!"

그 앞에는 눈물을 흘리며 몸을 떠는 세실리아가 있었다.

"하, 하지만 이런 상태로는……."

"……!"

글렌은 잠시 고뇌에 찬 표정으로 세실리아를 응시했다.

하지만 곧 뭔가를 결심했는지 그녀에게 다가갔다.

"미안합니다, 용서해주십쇼."

짜악!

그리고 그 소리에 학생 전원이 숨을 삼켰다.

글렌이 세실리아의 뺨을 가볍게 때렸기 때문이다.

"글렌…… 선생님?"

그제야 이성이 돌아온 세실리아가 멍한 눈으로 글렌을 바라보았다.

"……이제 좀 정신이 드십니까? 그렇게 계속 울고만 계실 때가 아니잖아요, 선생님. 여기서 제시카 씨를 구할 수 있는 건 이러니저러니 해도 당신밖에 없다고요."

"……."

"선생님은 훨씬 더 많은 사람을 구하고 싶다면서요? 그런데 여기서 어머님이 돌아가시게 내버려둘 겁니까? 안심하세요. 선생님의 힘이라면 틀림없이 구할 수 있을 겁니다! 우리도 최대한 도와드릴 테니까요!"

"마, 맞아요!"

그러자 시스티나가 끼어들었다.

"만약 치료에 의식급 대마술이 필요하다면 저희가 세실리아 선생님께 마력을 제공해드릴 테니까요! 괜찮지? 얘들아!"

그리고 뒤를 돌아본 순간―.

"으, 응! 물론이지!"

카슈도…….

"저희는 이러니저러니 해도 늘 세실리아 선생님께 신세를 졌으니 당연히 도와드려야죠!"

웬디도…….

"이거 참, 할 거면 빨리 하시는 편이 낫지 않겠습니까?"

기블도…….

그리고 그밖의 다른 학생들도 모두 힘차게 고개를 끄덕였다.

멍한 얼굴로 그 모습을 본 세실리아의 눈에 서서히 이성의 빛이 돌아왔다.

"……죄송합니다. 잠시 평정심을 잃었네요. 맞아요. 전 이런 사람을 한 명이라도 더 살리기 위해서…….

그리고 한차례 심호흡한 후.

"지금부터 어머니의 법의 진료를 시작하겠어요. ……여러분, 부디 저에게 힘을 빌려주세요."

세실리아는 자신의 지식과 기술과 마술을 총동원해서 제시카의 몸 상태를 조사했다. 그리고…….

의무실.

"……으……음?"

침대 위에 누워있던 제시카가 천천히 눈을 떴다.

"아, 어머니! 정신이 드셨군요? 다행이다……."

그러자 옆에서 계속 간병 중이던 세실리아가 안도의 한숨을 내쉬었다.

제시카는 잠시 넋을 잃고 있었지만 이윽고 상황을 파악한 건지 부랴부랴 몸을 일으켰다.

"……그래. 내가 쓰러졌던 거구나. ……한계가 오는 건 좀 더 나중일 줄 알았는데…… 나도 역시 나이를 먹었나 보네."

제시카는 우울한 한숨을 내쉬었다.

"마술성 질환인『고갈증』이었어요. ……몸을 너무 혹사하신 거라구요, 어머니."

세실리아는 그런 어머니를 배려하듯 조심스러운 목소리로 그녀의 병명을 밝혔다.

극히 짧은 기간 동안 대량의 마술을 행사했을 경우 증상이 나타나는 마술성 질환으로『마나 결핍증』이라는 것이 존재하지만, 그『마나 결핍증』증상이 나타나기 직전까지 마술을 쓰는 행위를 장기간 반복하면 몸에서 마나가 빠져나가기 쉬운 체질, 즉. 마력이 쌓이는 영적인 그릇인 에테르체(體)에 구멍이 뚫린 상태가 된다. 그렇게 되면 마술을 쓰지 않았는데도 어느 날 갑자기, 아무런 징조도 없이 몸에서 마나가 급속도로 빠져나가는 현상이 일어나고 만다.

그것이 바로『고갈증』. 발병할 경우, 신속한 법의 치료를 받지 않으면 목숨이 위험한 중증 질환이었다.

"이상하네. ……『고갈증』은 어지간해선 발병하지 않지만, 일단 증상이 나타나면 몹시 대처하기 어려운 병이야. ……에테르체에 생긴 영적인 구멍을 심령수술로 틀어막으면서 대량의 마력을 보충해야만 해. ……그런 고도의 대의식을, 설마 네가……?"

"……예."

세실리아는 조용히 고개를 끄덕였다.

"그래……. 실력이 오른 거구나."

"저 혼자만의 힘이 아니었어요. 글렌 선생님과 루미아 양이 조수를 맡아서 도와주셨고…… 무엇보다 많은 학생들이 『마나 결핍증』을 일으키기 직전까지 어머니께 마력을 제공해 준 덕분인걸요."

"……제법 신뢰받고 있는 모양이구나."

제시카는 딸의 얼굴을 바라보았다. 그 얼굴에는 짙은 피로의 흔적이 배어 있었다.

하긴, 에테르체를 수복하는 의식급 대수술을 집도했으니 당연하리라.

대량의 마력을 써야했을 테니 자칫하면 세실리아의 목숨까지 위험했을지도 몰랐다.

하지만 수술을 성공리에 마친 세실리아는 미소 짓고 있었다.

어머니가 무사해서 다행이라며 눈시울을 붉힌 채 기뻐하

고 있었다.

'……나도 그랬었지. 내 손으로 누군가를 구할 수 있다는 사실이 그저 기뻐서 견딜 수 없었어. 타인을 구할 수 있다면 내 목숨조차 아깝지 않았지……'

제시카는 그런 딸의 모습에서 과거의 자신을 겹쳐보고 눈이 부신 듯한 표정을 지었다.

"……넌 역시 내 젊은 시절과 판박이야. 남을 구하는 것밖에 머리에 없었던 나와……"

"……예?"

제시카는 고개를 살짝 갸웃거리는 세실리아에게 담담한 목소리로 말했다.

"그래서 내 밑에 두고 감시하려고 했던 거지만…… 알았다, 세실리아. 이제 네 마음대로 하렴. 네가 납득할 수 있는 인생을 걸어보렴. ……나도 그랬으니까. 그런 삶을 선택한 걸 후회한 적은 단 한 번도 없었으니까."

그렇게 말하는 제시카의 얼굴에는 미소가 떠올라 있었다.

"어, 어머니? 그럼……"

"그래. 널 데려가는 건 포기하마. 이젠 너도 어엿한 어른이니 네 뜻을 존중하마. 이곳에는 널 필요로 하는 사람들도 많은 것 같으니까. 다만……"

하지만 갑자기 표정을 흐리더니 간절한 눈으로 딸을 바라보았다.

"몸을 소중히 하렴. 절대로 무리는 하지 말고. ……알겠지? 세실리아."

그것은 오늘 이날까지 강철의 여인을 연기했던 제시카가 처음으로 보여주는 어머니다운 표정이었다.

"아…… 예! 그럴게요, 어머니……."

세실리아는 눈물을 글썽이며 고개를 끄덕였다.

"후우…… 한때는 어찌되나 걱정했는데…… 원만히 수습된 것 같아서 다행이구만."

"예, 정말로요……."

의무실 구석에서 그런 모녀의 모습을 지켜보던 글렌과 시스티나 일행도 그제야 안도의 한숨을 내쉬었다.

그리고 어머니와 한차례 대화를 마친 세실리아가 기쁜 얼굴로 그들에게 다가왔다.

"글렌 선생님! 저, 해냈어요!"

"하하하, 축하드립니다."

그 표정을 본 글렌의 얼굴도 절로 누그러졌다.

세실리아는 흥분한 건지 자기도 모르게 글렌의 손을 양손으로 잡고 위아래로 붕붕 흔들었다.

"이것도 전부 여러분 덕분이에요! 정말 감사합니다!"

"아니, 세실리아 선생님의 힘이죠. 저희가 해드린 건 사소한……."

"아뇨 아뇨! 천만에요! 여러분이 안 계셨더라면……."

"좀 진정하세요, 세실리아 선생님. 그렇게 너무 흥분하시면……."

글렌이 쓴웃음을 짓고 세실리아에게 주의를 주려한 바로 그때였다.

"커허어어어억?!"

세실리아가 성대하게 피를 토했고—.

철퍽! 촤아악!

글렌의 얼굴이 새빨갛게 물들었다.

아무래도 여러모로 한계였던 모양이다.

"세, 세실리아 선생니이이이임?!"

"……하, 할머니…… 저, 해냈어요. ……지금 그쪽으로 갈게요……."

"가시면 안 된다고 했잖아요오오오오오!"

그 자리에서 쾅당 쓰러진 세실리아는 그대로 정신을 잃었다.

감동의 여운이고 뭐고 싹 날아간 난장판이 벌어지고 말았다.

"역시 저 아이에겐 무리일지도……."

그 광경을 본 제시카는 관자놀이를 손으로 누르며 한숨을 내쉴 수밖에 없었다.

광왕의 시련

Trial of the crazy king

Memory records of bastard
magic instructor

어느 화창한 날.

"그런 고로!"

알자노 제국 마술학원 부지 안에 있는 어느 장소에서 글렌이 집합한 2반 학생들에게 말했다.

"오늘 너희는 『마도 탐색술』 실습의 일환으로 저 동굴 유적을 조사하게 될 예정이다!"

글렌이 가리키는 곳에는 이끼가 무성하게 자란 절벽 기슭에 크게 입을 벌린 인공 동굴의 출입구가 있었다. 이곳은 알자노 제국 마술학원에서 관리하는 고대 유적 중 하나였다.

"고대의 초마법 문명(에인션트)…… 그 고대 마술과 마법 유산(아티팩트)에 관한 조사와 연구는 『마도 고고학』이라 부르며, 마술의 발전과 진리 탐구에 뜻을 둔 마술사들이라면 절대로 빠트릴 수 없는 영원한 테마 중 하나다!"

보기 드물게 열기를 띤 글렌의 연설이 숲속에 메아리쳤다.

"고대의 연구라는 성질상, 『마도 고고학』의 연구자는 자신의 발로 직접 고대 유적을 탐사해야만 해. 하지만……"

글렌은 표정을 약간 찡그리고 뒷말을 이었다.

"미지의 땅, 흉포한 마수, 앞길을 막는 기계장치와 함정, 복잡한 미궁…… 유적 탐사에는 너희가 상상하는 것보다 훨씬 큰 위험이 따라오기 마련이다. 그러니 탐색에 도전하려는 마술사는 그것들에 대한 대처법을 숙지해둘 필요가 있겠지."

유적 탐색에 필요한 도구와 물자를 담은 배낭을 등에 맨 학생들은 저마다 약간 긴장한 표정으로 글렌의 말에 귀를 기울였다.

"그뿐만이 아니야. 지도 제작, 조명 확보, 함정 탐지, 비문 해독, 그리고 전투…… 이런 탐색에 필요한 모든 것을 포함한 기술이 바로 『마도 탐색술』이다. 온갖 마술 기능과 지식을 시험받는 종합 기술…… 그야말로 지혜로운 자로서의 역량을 시험받는 셈이지."

글렌은 학생들을 돌아보며 씨익 웃었다.

"오늘은 그런 『마도 탐색술』 수업을 통해 너희의 실력을 향상시키고자 한다. 그걸 위한 탐색 실습이다! ……혹시 질문 있는 사람?"

그러자 학생 중에서 부드러운 금발이 아름다운 소녀가 조심스럽게 손을 들었다. 루미아였다.

"저기, 선생님. ……이 동굴 유적은 정말 안전한가요? 미숙한 저희가 들어가도 괜찮을까요?"

다른 학생들도 같은 의견인지 불안한 눈빛으로 연신 고개를 주억거렸다.

"훗, 걱정하지 마라. 이 동굴은 원래 학교에서 너희 학생들의 탐색 실습을 위해 관리하는 훈련용 유적이니까. 목숨이 위험해질 만한 위험은 만에 하나라도 없을 테니 안심해."

"그런가요? 다행이다."

루미아는 안심한 듯 한숨을 내쉬고 미소 지었다.

"또 전처럼 이상한 사건이 일어나지 않을까 걱정이 됐거든요."

"아니…… 그 『타움의 천문 신전』에서 있었던 일은 그만 잊어버려. ……그건 진짜 특이한 케이스였으니까."

요전 달 어떤 유적을 탐사하던 중에 일어난 기묘한 사건을 떠올린 글렌은 먼 곳을 바라보는 듯한 아련한 표정을 지었다.

"아, 아무튼! 너희는 사전에 나눈 조별로 각자 재량껏 판단을 내리면서 저 동굴 유적 내부를 탐색하는 거다! 알겠지?!"

"""예~!"""

"그리고 이번 실습 규칙을 한 번 더 확인하마! 조별로 동굴 유적 내부를 탐색하면서 지도를 작성하고, 각 체크포인트를 찾아다니면서 골 지점에 도달할 것! 그리고 무엇보다 가장 중요한 건 만약 동굴 안에서 『황금 이끼』를 발견했을 경우 잊지 말고 반드시 채집하고 회수할 것!"

황금 이끼란 마법 소재의 일종이다. 그 이름대로 황금색으로 빛나는 이끼의 모습을 한 그것은 다양한 마술약과 마술 도구의 재료가 되는 귀중한 소재였다.

"이번 실습 수업의 성적 평가 포인트는 이 네 가지다! ① 작성한 지도의 정밀도! ②회수한 체크포인트의 수! ③탐색

하는 데 걸린 시간! ④『황금 이끼』의 채집량! 특히 ④! ④의
『황금 이끼』를 명심하도록! 아무튼『황금 이끼』다! 이게 가
장 배점이 높은 항목이거든?! 절대로 잊지 마!"

그 순간—.

"질문이요~."

어딘지 모르게 고양이를 연상케 하는 은발 소녀, 시스티
나가 게슴츠레한 눈으로 손을 들었다.

"①부터 ③까지는 저도 알겠는데…… 어째서 ④……『황
금 이끼』의 회수에 그렇게까지 집착하시는 건가요~?"

지극히 당연한 의문이었다.

"확실히 이 동굴 유적은 정기적으로『황금 이끼』가 자라
는 걸로 유명하지만…… 그래도 개개인의 탐색 기술을 시험
하는 ①부터 ③까지의 배점보다 단순한 채집 작업인 ④의
배점이 더 높은 건 왠지 납득이 안 가거든요?"

그 말을 들은 글렌은 노골적으로 몸을 움찔거렸다.

"잠깐, 너! 그야 당연하잖아! 그, 그게…… 으음…… 그, 그
래. 그거야!『황금 이끼』가 발생했다는 건 공기 중의 외부 마
나 농도가 높은 장소라는 뜻이잖아?! 요, 요컨대 그걸 회수
해서 분포 데이터를 모으거나 마도 연산기로 회귀 분석적인
뭔가를 해서 유적 내부의 영맥이나 영락의 흐름을 정확히 산
출하든지 말든지 하는 그런 숭고하고 학술적인 목적이……!"

그리고 이마에서 비지땀을 철철 흘리며 되려 수상하게 악

을 썼다.

"……즈, 즉! 난 그냥 탐색만 하면 되는 너희와 달리 훨씬 더 고차원적인 마술사로서의 관점에서 이번 실습에 나섰다는 의미로……!"

하지만 시스티나는 그런 글렌을 차갑게 흘겨보았다.

"그러고 보니 어제 신문에서 본 건데…… 요즘 마술품 시장에서는 품귀 현상을 보이는 『황금 이끼』의 시장 거래가가 엄청나게 급등했다면서요?"

"뭐어어어어?! 세상에, 진짜~?! 나, 난 그런 이야기는 처음 들었는데~?!"

"……설마 아니겠지만…… 저희를 이용해서 모은 『황금 이끼』를 팔아치울 속셈이신 건 아니겠죠?"

"자, 실습을 시작하자! 실습 개시이이이이! 얼른 던전으로 들어가도록, 제군!"

궁지에 몰린 글렌은 손뼉을 크게 쳐서 억지로 대화를 중단한 후 학생들을 재촉했다.

그 반응을 보고 마침내 상황을 파악한 학생들은 기가 막힌 표정으로 글렌을 노려보았다.

"……글렌. 『황금 이끼』가 있으면 기뻐?"

하지만 단 사람, 아직도 글렌의 속셈을 눈치채지 못한 파란머리의 순진무구한 소녀 리엘은 그렇게 물었다.

"으, 응! 물론이지! 『황금 이끼』가 잔~뜩 있으면 내 지갑이 빵빵…… 마술 연구에 도움이 될 테니까!"

"응, 알았어."

글렌이 뒤집어진 목소리로 외치자 리엘은 무표정으로 고개를 끄덕였다.

"그, 그래?! 홋, 힘내! 리엘! 기대하마!"

"……응. 맡겨만 줘."

글렌이 머리를 쓰다듬어주자 리엘은 기쁜지 눈을 가늘게 떴다.

"완전히 나쁜 남자한테 속아서 간이고 쓸개고 다 빼주는 불쌍한 여자잖아……."

시스티나는 이제 한숨밖에 나오지 않았다.

"……리엘이 장래에 이상한 남자랑 엮이지 않도록 우리가 반드시 옆에서 지켜봐 줘야겠어."

"아, 아하하……."

시스티나가 도끼눈을 뜨고 투덜거리자 루미아는 모호하게 웃을 수밖에 없었다.

"후우…… 결국 평소랑 똑같은 패턴인 거네요."

"참 나, 그런 건 아무래도 상관없으니 슬슬 들어가도 되겠습니까?"

"좋았어! 『황금 이끼』가 어쨌든 모험이다아아아아아아!"

"으으…… 슬슬 긴장돼."

웬디, 기블, 카슈, 린을 비롯한 학생들도 저마다 다른 방식으로 의욕을 보이기 시작했다.

"알았다! 탐색 개시! 먼저 카슈가 리더인 A조부터 들어가! 그리고 10분 후에 기블이 리더인 B조! 또 10분 후에 C조가 들어가는 식으로 계속 가보자고!"

이렇게 해서 이번 유적 탐색 실습 수업이 시작되었다.

한편, 서너 명씩 한 조를 짜서 시간차를 두고 동굴 안으로 들어가는 학생들의 모습을, 멀리 떨어진 바위 뒤에서 몰래 훔쳐보며 비웃는 수상한 그림자가 있었다.

『………….』

하지만 글렌 일행은 아무도 마지막까지 그 존재를 눈치채지 못했다.

그리고 동굴 내부.

"좋았어~! 가장 먼저 클리어하는 건 우리 조다!"

"웃기지 마! 우리 조거든?!"

먼저 진입한 조의 학생들이 혈기왕성하게 탐색을 시작했지만, 그들을 기다리는 건 아비규환의 지옥도였다.

"으아아아앗! 마력이 빨려들어 가고 있어어어어?!"

"커헉! ……마, 마비 침이……."

"함정이이이이이이?!"

"하아…… 하아…… 내가 죽으면…… 내 방 침대 밑에 있는 책들을…… 아무 말도 하지 않고 처분해줘……."

"루제에에에에에에엘?!"

아무 생각 없이 돌진한 학생들은 바로 동굴 안에 설치된 함정들의 세례를 받았다.

처음부터 훈련용으로 준비된 곳이라 학생들이 이런 반응을 보일 것을 예상하고 곳곳에 함정을 깔아두었기 때문이다.

"정말이지…… 얘들은 선생님께 배운 탐색의 기본을 벌써 잊은 걸까?"

시스티나는 마치 시체처럼 쓰러진 반 친구들의 옆을 지나가며 한숨을 내쉬었다.

"아, 리엘. 거긴 밟으면 안 돼. ……으음, 이 반응은…… 아마 수면 마술 함정일 거야."
_{매직 트랩}

여느 때처럼 뭉친 시스티나, 루미아, 리엘 트리오는 리더인 시스티나의 탐색 마술에 의지해 신중하게 내부로 진입했다.

뚜벅, 뚜벅, 뚜벅…….

동굴 안에 소녀들의 발소리가 울려 퍼졌다.

바닥과 벽과 천장이 정육면체 블록 형태로 연결된 통로는 아주 컴컴했다. 게다가 길도 미로처럼 복잡하게 꼬여 있었다.

시스티나 일행은 눈앞에 나타난 갈림길에서 오른쪽으로 이동하고 계단을 내려간 후에 작은 방을 가로지르며 탐색을 진행했다.

"여긴……?"

거기서 마침 위화감을 느낀 시스티나가 걸음을 멈추더니 흑마 【토치 라이트】의 빛이 깃든 손가락을 통로 앞으로 내밀었다.

고대의 벽화가 그려진 통로가 일직선으로 길게 이어져 있었다. 그 끝은 마치 무저갱처럼 아무것도 보이지 않았다.

"어때? 시스티."

"……왠지 수상해. 이 통로."

측량 마술로 세심하게 지도를 그리던 루미아가 묻자 시스티나는 진지한 표정으로 대답했다.

사각사각, 사각사각…….

뒤에서 갑자기 이런 소리가 들리는 가운데—.

"일단 기본에 충실해보자."

"응, 그러자."

시스티나와 루미아는 각자 탐색용 주문을 연달아 영창했다.

흑마 【스페셜 퍼셉션】. 미약한 음파를 퍼트려서 지근거리의 공간 구조를 마술적으로 파악하는 공간 파악 마술을…….

흑마 【어큐레이트 스코프】. 빛을 조작해서 멀리 떨어진 곳까지 자유자재로 시야를 넓히는 원견(遠見) 마술을…….

백마 【트랩 서치】. 함정에는 설치자의 공격적인 악의가 남기 마련이므로 그것을 이용해 함정을 찾아내는 마술을…….

………….

사각사각, 사각…….

"……역시 공간이 왜곡됐어. 이 앞은 무한 루프야. 앞으로 가봤자 결국 같은 장소로 되돌아올 거야."

시스티나는 자신과 루미아의 조사 결과를 합쳐서 그런 결론을 내렸다.

"으음…… 이 앞은 올바른 루트가 아닌 걸까?"

"아니, 이 앞으로 가지 못하는 건 구조적으로 봐도 이상해. 아마 근처에 체크포인트 하나쯤은 있을 거야."

루미아는 그렇게 의심했지만 시스티나가 지도를 노려보고 그 말을 부정했다.

"혹시……?"

그리고 뭔가가 번뜩인 시스티나는 흑마 【디텍트 매직】—마력 감지 주문을 영창했다. 마력의 흔적을 감지해서 이 주위에 존재하는 마술적인 힘의 유무를 파악하는 마술이다.

'……역시 반응이 있어.'

교묘하게 숨겨진 마력 반응을 주의 깊게 추적한 시스티나는 근처의 벽을 천천히 쓰다듬었다.

사각사각…… 사각사각…….

"……찾았어! 이거야!"

그리고 평범한 벽화에서 검출된 마력 패턴을 통해 눈에 보이지 않는 마술법진을 발견했다.

"이게 아마 무한 루프를 만든 매직 트랩일 거야!"

"그럼 그걸 해제하면……?"

"응, 이 앞으로 갈 수 있어!"

함정을 간파한 기쁨에 흑마의 【이레이즈】로 무턱대고 매직 트랩을 해제하려 한 순간이었다.

'……잠깐만. 왠지…… 너무 쉽지 않아? 이렇게 간단하다고……?'

"왜 그래? 시스티."

루미아는 갑자기 작업을 중단한 시스티나의 옆얼굴을 의아한 표정으로 바라보았다.

'처음부터 뭔가 이상했어. 함정의 위험도가 【트랩 서치】의 결과와 미묘하게 맞지 않아. ……이건 혹시.'

그리고 이번에는 백마 【센스 업】으로 오감을 끌어올렸다.

시스티나는 아직도 머리 위에 물음표를 떠올린 루미아를 무시하고 주위의 벽을 두드리며 주의 깊게 귀를 기울였다.

사각…… 사각사각사각…….

"아하……. 그렇게 된 거였구나!"

이윽고 뭔가를 발견했는지 벽을 힘차게 눌렀다.

철컥!

그러자 마치 그 벽의 일부가 문처럼 갈라지더니 안으로 열렸다.

"좋았어!"

새로운 통로를 발견한 시스티나는 무심코 주먹을 불끈 쥐었다.

"역시 법진 쪽은 속임수였어! 우와~ 음험해! 상대가 주문을 해제하려고 하면 할수록 진창에 빠지는 설계야!"

"숨겨진 문?! 굉장해! 용케도 찾았네? 시스티."

"흐흥~ 이래 봬도 난 할아버님께 배운 몸이거든? 이 정도쯤의 수수께끼는 아무것도 아니지!"

루미아가 눈을 동그랗게 뜨고 놀라자 시스티나는 자랑스럽게 웃었다.

"후훗, 즐거워 보여. 시스티."

"응!『마도 탐색술』은 마도 고고학에선 필수 능력이니까…… 이러고 있으니 왠지 꿈에 한 걸음 가까워진 것 같은 기분이 들어서……."

"……그럼 선생님께 감사해야겠네? 이 수업을 위해 며칠 전부터 공들여서 준비를 해주셨으니까."

루미아의 말대로 이러니저러니 해도 글렌은 이런 특수한 수업에서는 학생들이 다치거나 사고에 말려들 가능성을 미연에 방지하기 위해 늘 꼼꼼하게 준비하는 타입이었다. 그건 이번 실습도 예외는 아니었다.

"그러고 보니 선생님께선…… 우리가 이번 탐색에 쓸 준비물을 모으거나 사전 탐색을 하느라 벌써 며칠이나 집에 못돌아가셨다고 했지?"

"응."

"으, 음. 뭐, 그 인간의 흑심이야 어쨌든…… 늘 우리를 위해 애쓰는 점은…… 뭐…… 인정해주지 못할 것도……."

시스티나가 뺨을 살짝 붉히고 솔직하게 칭찬하려 한 그때였다.

—우효오오오~! 『황금 이끼』가 이렇게나 많이이이?!

사각사각사각사각!

동굴 어딘가에서 글렌이 신이 난 목소리로 뭔가를 마구 긁어내는 소리가 들렸다.

아무래도 조금이라도 많은 『황금 이끼』를 모으려고 본인도 직접 동굴 안까지 들어온 모양이었다.

—꺄하하하하하하! 이거랑 그 녀석들이 모은 걸 합치면 완전 대박이잖아아아아아아!

"전언 철회! 역시 변변찮은 인간이었어!"

"아, 아하하……."

사각사각사각…….

"정말이지! 리엘도 그렇게 계속 시킨 대로 『황금 이끼』를 모을 필요는 없어!"

"……응? 그래?"

사각, 사각.

그러자 지금까지 탐색은 시스티나와 루미아에게 맡기고 근처에 자란 『황금 이끼』를 나이프로 긁어서 병 안에 모으고 있던 리엘이 졸린 듯한 무표정으로 고개를 들었다.

"그렇다구! 그래봤자 그 바보가 우쭐댈 뿐이잖아!"

"후홋…… 애도 참. 온 몸이 이끼투성이잖니."

"응…….''

루미아는 리엘을 일으켜 세운 후 손수건으로 얼굴을 닦아주었다.

"좋아! 아무튼 이 새로운 통로 너머를 탐색해보자!"

"응, 그러자."

"……이끼. 잔뜩 모았어.''

시스티나는 웃는 얼굴로 고개를 끄덕이는 루미아와 왠지 뿌듯한 얼굴로 병속의『황금 이끼』를 바라보는 리엘을 데리고 던전의 새로운 영역에 발을 내디뎠다.

"……그, 그랬군요. 그런 거였어요!''

그리고 뒤쪽 길모퉁이에서 그런 시스티나 일행을 몰래 관찰하는 인물이 있었다. 다름 아닌 웬디였다.

"큭…… 몇 번이나 주문을 해제해도 왜 무한 루프가 풀리지 않는 건지 의문이었는데…… 숨겨진 문은 맹점이었네요!''

웬디는 어깨를 들썩이며 말했다. 몇 번이나 같은 장소를 맴도느라 완전히 지친 상태였다.

"지금 이러고 있을 때가 아니죠! 테레사! 세실 씨! 당장 저분들을 쫓……''

그리고 기염을 토하며 뒤에 있는 동료들을 돌아본 그때—.

"……어, 어라?''

조금 전까지 거기 있었던 조원들이 감쪽같이 사라져 있었다.

"세상에…… 다들 사라졌어? 대체 어떻게……?"

갑작스러운 사태에 웬디가 당황한 순간, 새카만 통로 너머에서 작은 발소리가 들렸다.

"……어?"

그 발소리는 어둠속에서 느리지만 확실하게 이쪽을 향해 다가오고 있었다.

"테, 테레사? 세실 씨? 아, 아니면 다른 조의 조원분? 혹시…… 선생님……이신가요?"

대답은 돌아오지 않았다. 발소리의 주인은 말없이 계속 다가왔다.

"히익……."

웬디의 마음은 공포에 사로잡혔다. 마치 가위에 눌린 것처럼 옴짝달싹도 할 수 없었다.

"누, 누구죠?! 거기 계신 건…… 대체 누구냐구요!"

몇 번을 물어봐도 대답은 없었다. 그저 투박한 발소리만으로 그녀를 놓치지 않겠다는 뜻을 드러낼 뿐.

"아, 아아…… 아아아……?!"

이윽고 웬디의 손끝에 깃든 마술광(魔術光)이 농밀한 어둠 너머의 인물을 비추자 팔이 쑥 다가왔다.

"싫어어어어어어어어어어어어어어어어어어!"

공포에 질린 비명이 울려 퍼지는 동시에 마술광이 꺼졌고 주변 일대는 다시 나락의 어둠으로 덧칠되었다.

　그리고 얼마 후 골 지점으로 설정된 동굴 최심부.
　"다들, 늦네……. 아무리 그래도 너무 오래 걸리는 거 아냐?"
　무사히 목적지에 도달한 시스티나가 투덜거렸다.
　"응…… 무슨 일이 생긴 걸까?"
　루미아도 걱정스러운 목소리로 대답했다.
　지금 이곳에 있는 건 시스티나, 루미아, 리엘과…….
　"우하하하하하하하! 대박, 대박이다아아아아!"
　『황금 이끼』가 든 병을 끌어안고 신이 나서 바보처럼 웃어
대는 글렌뿐이었다.
　"장하다, 리엘! 너 용케도 이렇게 많이 모아왔네?"
　"칭찬해줘."
　"그래!"(쓰담쓰담)
　"……사람 속도 모르고 정말……."
　시스티나는 기가 막힌 얼굴로 글렌에게 다가갔다.
　"잠깐만요, 선생님! 아무리 그래도 다들 너무 늦는 거 아
닌가요?"
　"참 나, 이런 간단한 탐색으로 애를 먹다니…… 그 녀석들
도 아직 멀었구만."
　"그렇다 쳐도 골에 도착한 게 저희뿐이라는 건 아무리 생
각해도 이상해요! 혹시 무슨 일이 생긴 건……."

왠지 불길한 예감이 든 시스티나는 필사적으로 호소했다.

그러자 글렌도 그 말을 무시할 수는 없었는지 잠시 머리를 벅벅 긁은 후 진지한 표정으로 일어났다.

"어쩔 수 없군. ……슬슬 어떤지 좀 보고 올까."

사실 그도 학생들의 도착이 늦는 것이 신경 쓰이던 참이었다.

"너희는 여기서 쉬고 있어."

"잠시만요, 선생님. 저도 데려가주세요. 만약 부상자가 있다면……."

루미아가 그렇게 말한 순간―.

『큭큭큭큭큭…….』

갑자기 방 안에 불쾌한 웃음소리가 울려 퍼졌다.

"어?!"

어느새 방 한구석에 불길한 그림자가 서 있었다.

너덜너덜한 로브로 온 몸을 가린 인물이었다. 후드 밑의 얼굴이 있어야 할 부분은 마치 무저갱처럼 어두웠고 진홍색 눈빛만 날카롭게 타오르고 있었다. 그리고 온 몸에서 풍기는 검은 안개 같은 오라만 봐도 수상하기 짝이 없었다.

"……누구냐, 넌!"

온 몸의 털이 곤두선 글렌은 반사적으로 학생들 앞에 나서며 전투태세를 취했다.

『내 분묘를 어지럽히는 무례한 놈들……. 나는 《광왕》……

이 분묘의 주인이니라……』

　마치 지옥 밑바닥에서 올라온 듯한 무시무시한 목소리가
귀와 영혼을 침식했다.

　"과, 《광왕》이라고?!"

　글렌은 허세를 부리며 되물었다.

　"그게 뭔 소리야?! 분묘?! 말도 안 돼! 여긴 그냥 탐색 훈
련용……."

『저주받을지어다, 어리석은 자여. 재앙이 있을지어다. 무
지는 죄일지니. 네놈의 학생들은 전부 내가 데리고 있노라.』

　"뭐……라고?!"

　이번에야말로 글렌은 마치 발밑이 무너지는 것 같은 충격
을 받았다.

『크크크…… 그 죄 많은 어린 양들의 영혼은 내 하인인
《마룡》의 부활을 위한 산제물로 바쳐주지……』

　"이, 이 자식이?! 어디서 감히 내 학생들을!"

　격노한 글렌이 바닥을 박차고 질풍처럼 주먹을 휘둘렀지
만, 그 주먹과 몸은 《광왕》을 완전히 통과하고 말았다.

　"……환영?! 빌어먹을!"

『네놈들은 어리석지만, 나는 바다보다 자비 깊은 왕으로
서 마지막 기회를 베풀어주겠노라……』

　드르르르르륵…….

　갑자기 뒤에서 소리가 들려서 돌아보자 벽 일부가 깨지고

새로운 통로가 출현했다.

"앗?! 미탐색 영역이라고?!"

『《왕의 현실(玄室)》…… 내가 잠든 곳으로 오도록. ……그리고 날 해치울 수 있다면…… 그 어린 양들을 네놈에게 돌려주겠노라……!』

일방적으로 선언한 《광왕》의 모습이 마치 아지랑이처럼 일렁이기 시작했다.

『외부에 도움을 요청할 생각은 버리도록……. 그 어린 양들의 목숨이 아깝다면 말이지! 후후, 후하하하하하하하!』

그런 귀에 거슬리는 웃음소리를 남긴 《광왕》은 넋을 잃고 서 있는 글렌 일행 앞에서 결국 완전히 모습을 감추었다.

"아으, 으아아아…… 또, 또 이런 대사건이 벌어지다니?!"

먼저 정신을 차린 시스티나가 새파랗게 질린 얼굴로 허둥 댔다.

"망할! 《광왕》이라고?! 여기가 고대문명의 분묘였다는 건 금시초문이라고! 학교 놈들의 눈은 장식이냐?!"

글렌도 머리를 싸맬 수밖에 없었다.

"아니, 그보다 왜 우리가 유적에 들어올 때마다 이런 일이 벌어지는 건데?!"

"어, 어쩌죠? 선생님? 이대로 있으면 다, 다른 애들이……."

"어쩌고 자시고……!"

그때였다.

"글렌."

리엘이 진지한 표정으로 글렌의 소매를 잡아당겼다.

"중요한 이야기야. 여길 봐."

"뭐야, 대체 무슨 일인데 그래?!"

그러자 리엘은…… 새로『황금 이끼』를 담은 병을 글렌에게 내밀었다.

"……이끼. 또 잔뜩 모았어. 칭찬해줘."

"야, 너! 지금까지 저《광왕》은 완전히 무시하고 이끼만 모았던 거야?! 마이페이스인 것도 정도가 있지?!"

글렌은 이런 상황에서도 마이페이스인 리엘의 머리를 양손으로 움켜잡고 좌우로 세차게 흔들었다.

"아무튼! 난 저 망할《광왕》에게 끌려간 애들을 구하러 가마! 너희는 여기서……."

""".......""""

기다리라고 말하려던 글렌은 시스티나, 루미아, 리엘이 의미심장한 눈으로 자신을 바라보고 있는 것을 깨달았다.

"……아니, 내 생각이 짧았군."

이런 궁지에 몰린 상황 속에서도 글렌은 자연스럽게 웃음이 나왔다.

"그『타움의 천문 신전』사건도 극복한 너희한테 할 말은 아니겠지. 이번에도 나한테 힘을 빌려주지 않겠어?"

"아, 예! 물론이죠! 그게…… 무, 무섭긴 하지만요!"

"예. 다 같이 힘을 합쳐서 모두를 구해 봐요."

"……응. 난 잘 모르겠지만."

세 소녀들도 저마다 결의를 입에 담았다.

이렇게 해서 글렌 일행은 갑작스러운 긴급 사태—《광왕》에게 납치당한 학생들을 구하기 위해 던전의 미탐색 영역으로 진입했다.

글렌이 선두에 선 일행은 미탐색 영역의 통로를 주파했다.

—다들, 기다려라. 내가 반드시 구해줄 테니까. 이 목숨과 바꿔서라도.

'……여전히 이럴 때만 멋지다니까.'

말없이 흔들림 없는 각오와 사명감을 불태우는 글렌의 등을 본 시스티나는 이런 상황 속에서도 가슴이 뛰는 것을 느꼈다.

'으음…… 그건 그렇고…….'

그리고 문득 뭔가를 떠올렸다.

'……미탐색 영역…… 고대왕의 분묘…… 광왕…… 납치당한 아이들…… 마룡 부활의 산제물…… 이거 왠지 어딘가에서 들어본 적 있는 것 같은데…….'

하지만 아무리 고민해도 의문은 해결되지 않았고, 일행은 곧 어떤 방 앞에 도착했다.

"······하얀 고양이."

"······왜요?"

"그러고 보니······ 《광왕》 자식은····· 여길 **분묘**라고 했었지?"

"······그랬었죠."

방과 연결되는 통로의 입구 근처에서 굳어버린 글렌은 다시 한 번 손가락에 깃든 마술광을 내밀며 방 안의 상황을 살폈다.

—내 잠을 방해하는 자에게 재앙이 있으리라.

<small>비 아토라 모다바 후브로 자스 위아</small>

이런 고대어로 된 저주가 벽과 바닥과 천장에 가득 새겨진 방이었다.

그리고 그 안에는 기이한 위압감을 내뿜는 수많은 석관이 빼곡하게 늘어서 있었다.

"즉, 저건····· 관이겠지?"

"관이겠네요. 틀림없이."

"으음······ 그럼 관 안에는····· 누군가가 **계신 걸까?**"

"······계, **계시지** 않을까요? 그야 여긴 미탐색 영역이니······."

글렌과 시스티나는 사이좋게 나란히 선 채 잠시 굳어버렸다. 그리고—.

"훗······ 난 그 녀석들을 절대로 잊지 않을 거다."

"벌써?! 포기하는 게 빨라?!"

시스티나는 허공에 학생들의 얼굴을 그리며 상쾌하게 웃는 글렌에게 잽싸게 매달렸다.

"잠깐만요! 조금 전까지의 각오랑 신념 같은 건 대체 어디로 던져버리신 거죠?! 제 두근거림을 돌려줘요!"

"무리무리무리무리! 완전 무리! 이런 곳에 발을 들여놨다간 백퍼센트 저주 받을걸?! 정신력을 깎는 위험한 게 틀림없이 튀어나올 거라고!"

"바, 바보 아니에요?! 설마 겁먹으신 거예요?! 마, 마술사가 저주나 사령을 무서워하다니, 창피하지도 않아요?!"

"그러는 너도 무릎이 엄청나게 떨리고 있거든?! 조금은 감추고 나서 지껄이시지!"

"이, 이건 추워서 그런 거라구요! 아, 진짜 여기 왠지 좀 춥지 않나~?!"

글렌과 시스티나가 방 입구 근처에서 꼴사납게 옥신각신 다툰 그때—

끼익······ 쿵.

끼익······ 쿵.

왠지 이상한 소리가 들렸다.

"뭐지?!"

글렌은 기겁한 얼굴로 방 안을 들여다보았다.

"으음······."

그러자 경악스럽게도 루미아가 관을 하나씩 열어보며 안을 확인하고 있었다.

끼익······ 쿵.

백마 【피지컬 부스트】를 쓴 건지 무거운 관 뚜껑을 번쩍번쩍 들어 올리면서.

"……잠깐 기다려어어어어어어어어어어어!"

"대, 대체 뭐하는 거야아아아아아아아아아아!"

방 안으로 황급히 달려 들어간 글렌과 시스티나는 다음 관 뚜껑을 열려고 하는 루미아를 뒤에서 부둥켜안고 막았다.

"꺄악! 선생님?! 시스티?! 가, 갑자기 왜 그래?"

그러자 루미아가 의아한 얼굴로 물었다.

"그건 우리가 할 소리거드으으으으으으으으은?!"

"이, 이런 누가 봐도 **비위생적이고 더러워 보이는 관**을 열면 못 써! 저주 받으면 어쩌려고 그래!"

"맞아! **이런 거엔 보통 변변찮은 것들**이 들어있을 게 뻔하다고!"

"하지만 반 애들이 갇혀있을지도 모르니…… 일단 확인해 두는 편이 좋지 않을까 싶어서……."

두 사람이 새빨개진 얼굴로 악을 쓰자 루미아는 살포시 웃으며 대답했다.

"그래도 확인해본 보람이 있었네요. 이 안에 반 애들은 없었어요."

"반 애들은, 이라니…… 그, 그럼…… 뭔가 있었던 거야? 역시 미라?"

"으응, 좀 예상 밖이라 놀랐지만 안에 계신 분은……."

"아니, 말하지 않아도 돼! 말하지 않아도 된다고! 만약 들었다간 틀림없이 SAN수치가 깎여나가는 부류의 그거지?!"

맹렬하게 불길한 예감을 받은 글렌과 시스티나가 고개를 붕붕 저었다.

"아하하, 설마요. 안에 계신 분은 그저 모독적인……."

"싫어어어어어어어어어어어어!"

천연의 무서움을 깨달은 글렌과 시스티나는 머리를 감싸쥘 수밖에 없었다.

『네 이놈…… 우리의 침소를 어지럽히는 불경한 자들이여…….』

『그대들에게 재앙이 있을지어다…….』

『『『재앙이 있을지어다……!』』』

실내 여기저기에서 원념에 찬 수많은 목소리가 울려 퍼지기 시작했다. 그야말로 영혼을 직접 움켜잡고 오염시키려는 듯한 저주스러운 울림으로.

『『『그대들에게 재앙이 있을지어다!』』』

""히이이이이이이이이이이이이이이이이이익?!"

글렌과 시스티나는 사이좋게 얼싸안고 한심한 비명을 질렀다.

"젠장…… 어쩌지?! 이대로면 **루미아가**……!"

"저주 때문에 죽을 거예요…… **루미아가**. ……이걸 어쩌면 좋죠?!"

『말해두지만, 네놈들도 공범이거든? 가만히 듣고 있자니 우리와, 우리의 침소를 내키는 대로 조롱했겠다⋯⋯?』

""하긴, 그렇겠죠? 죄송했습니다아아아아아아아아!""

두 사람은 그제야 자신들이 루미아보다 위험한 짓을 저질렀다는 걸 자각했다.

"어, 얼마야?! 얼마면 돼! 돈만 있으면 귀신도 부릴 수 있다며?! 응?! 도, 돈이라면 세리카가 얼마든지 내줄 거니까⋯⋯!"

"죄송해요, 할아버님! 꿈을 이루지 못하고 저주에 걸려서 죽는 모자란 손녀를 용서해주세요오오오!"

루미아는 공황 상태에 빠진 둘 앞에서 어리둥절한 얼굴로 눈을 깜빡거렸다.

"저기⋯⋯ 뭔지 잘 모르겠지만, 여기 잠든 분들을 화나게 한 게 문제인 거죠? 아마도."

글렌과 시스티나는 고개를 마구 끄덕였다.

"알았어요. 그럼 저한테 맡겨주세요."

그러자 루미아는 한 걸음 앞으로 나서더니 정체를 알 수 없는 존재들을 향해 진지하게 호소했다.

"죄송합니다, 여러분. 조용히 쉬시는데 깨워서. 전부 제 책임이에요. 그러니 부디 그 분노는 저에게만 풀어주셨으면 해요."

"야, 잠깐⋯⋯?!"

"하지만 이건 소중한 친구들이 납치됐기 때문이에요. 저희는 그 친구들을 구하러 가야 하는데…… 나중에 제대로 공양해드릴 테니 지금은 여길 지나가게 해주세요. 이렇게 부탁드리겠습니다."

루미아는 고개를 꾸벅 숙였다.

『『『…….』』』

그러자 화가 풀린 건지 정체를 알 수 없는 목소리는 홀연히 사라졌다.

"……후홋, 다행이다. 솔직하게 말씀드렸더니 이해해주신 모양이네요."

그리고 루미아는 성호를 긋고 조용히 기도를 올렸다.

"너, 너 인마…… 사람 간 떨어지게 좀 하지 마."

"마, 맞아. ……만약 저들이 네 부탁을 안 받아들였으면 어쩌려고 그랬니?"

글렌과 시스티나는 그렇게 따지고 들었다.

"예? 그럼 당연히 정화해버렸겠죠."

하지만 루미아가 방긋 웃으며 태연하게 대답한 말에 두 사람은 그저 경악할 수밖에 없었다.

"……저기요, 하얀 고양이 씨? 쟤, 대체 뭐죠?"

"저도 가끔 잘 모르겠어요……."

마침 그 순간—.

"글렌."

리엘이 또 진지한 표정으로 글렌의 소매를 잡아당겼다.

그리고 새로 『황금 이끼』를 담은 병을 글렌에게 슥 내밀었다.

"……이끼. 또 잔뜩 모았어."

"너, 아직도 모으고 있었던 거야?! 이젠 좀 포기…… 아니, 그보다 그건 대체 어디서 모은 거야?! 이 방에 어디에도 『황금 이끼』는…….

"저 관 안에 잔뜩 자라…….

"당장 버려어어어어어어어어어어어어어어어어!"

이런 이유로 흠칫거리며 이동하기 시작한 글렌 일행은 또 커다란 방에 진입했다.

"훗…… 이번에는 그나마 알기 쉬운 장애물이 났셨구만!"

그곳에는 갑옷을 입고 대검을 든 거대한 해골 기사가 출구 앞을 지키고 서 있었다.

그 기사는 이쪽을 보자마자 검을 들어 올리고 일행을 향해 한걸음씩 천천히 다가왔다.

아마 전투는 피할 수 없으리라.

"훗…… 솔직히 저런 자식이 가장 알기 쉬워서 좋아! 인간이 아니니까 봐줄 필요도 없고!"

주먹으로 손바닥을 친 글렌은 의기양양하게 웃으며 앞으로 나섰다.

"하얀 고양이! 루미아! 엄호를 부탁하마! 가자, 리엘!"

그리고 그렇게 외치자마자 기사를 향해 잽싸게 돌진했다.

"선생님! 《그 검에 빛이 있으라》!"

시스티나가 흑마 【웨폰 인챈트】를 영창하자 글렌의 주먹에 마력의 빛이 깃들었다.

"《빛 있으라·더러움은 사라질지어다·정화될지어다》!"

그리고 루미아가 영창한 백마 【퓨리파이 라이트】에서 비롯된 정화의 빛이 해골 기사의 움직임을 막았다.

"우오오오오오오오오오오!"

글렌은 그 타이밍을 노리고 기사의 품에 파고들면서 주먹을 내질렀다.

하지만 기사도 검을 교묘하게 휘둘러서 그 타격을 흘려냈다.

'큭?! 이 녀석, 강해!'

몇 번이나 공격을 주고받은 글렌은 기사의 실력에 전율했다.

"선생님?!"

기사의 폭풍 같은 연격에 밀리기 시작한 글렌을 본 시스티나가 비명을 질렀다.

"……괜찮아!"

하지만 글렌은 종이 한 장 차이로 검을 피하더니, 상대의 기세를 이용해 다리를 걸고 자빠트리자마자 재빨리 뒤로 도약하며 외쳤다.

"지금이야, 리엘! 쳐!"

제국 궁정 마도사단 특무분실의 집행관 《전차》의 리엘이라면 반드시 적의 숨통을 끊어놓을 수 있는 절호의 기회였을 터.

"……어?"

하지만 리엘의 모습은 어디에도 없었다.

"자, 잠깐! 리엘?! 너, 대체 뭘 하는……."

글렌이 깜짝 놀라서 돌아본 순간―.

사각사각사각사각사각사각사각…….

리엘은 방 한구석에 앉아 마이페이스로 『황금 이끼』를 모으고 있었다.

"지금 이끼나 캐고 있을 때냐아아아아아아?!"

그런 리엘에게 맹렬히 달려간 글렌은 그녀의 양 관자놀이에 주먹을 대고 드라이버를 조였다 푸는 것처럼 마구 회전시켰다.

"이것 봐, 글렌. ……이끼."

"야, 상황 좀 파악해! 적이 있잖아!"

"……적? 어디?"

"으아아아아 진짜! 이 바보야아아아아아아!"

그 순간, 넘어졌던 기사가 다시 일어서더니 글렌과 리엘을 향해 엄청난 속도로 달려들었다.

"선생님! 위험해요!"

"치잇?!"

글렌은 반사적으로 리엘을 안고 재빨리 몸을 날려서 그 자리를 벗어났다.

"아……."

리엘이 손을 내밀었다.

그 손이 향하는 곳에는 그녀가 지금까지 열심히 모은 이끼가 든 병이 놓여 있었다.

하지만 기사는 그곳을 향해 무자비하게 검을 내리쳤다.

챙가아아아아아아앙!

병이 무참하게 깨졌고 파편과 이끼가 허공으로 비산했다.

"……?!"

늘 가면 같은 무표정의 리엘이 보기 드물게 눈을 크게 뜨고 그 광경을 응시했다.

"치잇?!"

글렌은 리엘을 안은 채 신발 밑창을 미끄러트리며 시스티나와 루미아가 있는 곳까지 물러났다.

"괜찮으세요?! 선생님!"

"그래, 문제없어!"

글렌은 넋을 잃은 리엘을 옆에 휙 던져놓고 다시 주먹을 쥔 뒤 소녀들을 감싸듯 앞으로 나섰다.

"하지만 저 자식은 예상보다 강적이야!"

"그런 것 같네요!"

"하얀 고양이, 루미아. 장기전도 각오해줘! 걱정하지 마. 너희는 내가 반드시 지켜줄 테니까. 내 목숨을 걸고서라도 말이지! 간다! 힘을 합쳐서 저 자식을 해치……."

글렌이 결사의 각오를 다진 그때였다.

콰아아아아아아아아아아아아앙!

갑자기 눈앞에서 기사의 몸이 글자 그대로 산산이 박살났다.

"……엥?"

"어……?"

사투를 눈앞에 두고 긴장했던 글렌과 시스티나의 눈이 점으로 변했다.

"……."

뭉게뭉게 피어오르는 분진과 여기저기로 흩어진 기사의 잔해 한복판에서는 기묘한 위압감과 박력을 내뿜는 리엘이 말없이 대검을 휘두른 자세로 등을 돌린 채 서 있었다.

"으음…… 저기, 리엘 씨?"

굳어버린 글렌 앞에서 리엘이 유령처럼 힘없이 등을 돌렸다.

"흑……."

여느 때와 다름없는 무표정이었지만 눈가에 눈물이 맺힌 얼굴로…….

"……이끼. 모처럼 모았는데…… 전부 엉망이 됐어."

그리고 소매로 눈가를 훔치기 시작했다.

"훌쩍……."

"아아, 울지 마. 리엘……. 속상하지? 이끼는 다시 모으자. 나도 같이 도와줄 테니까……."

"……응. ……응."

루미아는 리엘을 끌어안고 머리를 쓰다듬어주었다.

"……."

글렌은 그런 흐뭇한 광경 옆에서 산산 조각난 기사의 갑옷 파편을 하나 주워들었다.

대체 검으로 얼마나 강하게 쳤기에 이 정도까지 분쇄된 것일까. 이런 위력은 글렌이 현역 군인이었을 때조차 본 적이 없었다.

"……괴물보다 열 배는 무섭구만."

"……예."

시스티나도 이 순간만큼은 글렌의 헛소리에 동의할 수밖에 없었다.

그리고─.

철컥철컥철컥!

"젠자아아아아앙! 이 문, 안 열리잖아! 아까 주운 이 열쇠로 열려야 할 텐데!"

드르륵…….

"아, 이거 미닫이문 같은데요?"

"뭐야 그게?!"

"오, 보물 발견!"

"하지만 주위에 이상할 정도로 눈에 띄는 사람 **뼈**로 봐선…… 이 보물 상자는 틀림없이 함정이에요! 흐흥~ 저희가 이런 단순하고 알기 쉬운 함정에 걸릴 리가……."

와그작와그작!

"으아아앗?! 설마 미믹이었다니이이이?! 손을 물렸어어어어!"

"아니, 그걸 대체 왜 여는 건데요?! 선생님, 바보예요?!"

네 사람은 힘을 합쳐서 수많은 함정과 난관을 돌파했다.

"이래서 스위치를 동시에 눌러야 한다고 몇 번이나 말했잖아! 하얀 고양이, 너. 누르는 타이밍이 늦었다고!"

"아, 아니에요! 제가 늦은 게 아니라 선생님이 빨랐던 거라구요!"

"뭐라고?!"

"왜요!"

"아하하…… 둘 다, 진정해요."

그렇게 해서 결국―.

"여기가 최심부…… 그 《광왕》이 말했던 《왕의 현실》인가……."

"하아…… 하아…… 드디어……."

녹초가 된 글렌 일행은 마침내 마지막 문 앞에 도착했다.

그리고 한숨 돌리며 곧 벌어질 전투를 대비해 작전 회의와 사전 준비에 공을 들였다.

"좋아, 가자. 얘들아!"

그리고 글렌은 각오를 다진 듯 마지막 문을 열고 《왕의 현실》로 진입했다.

『잘도 여기까지 왔구나……. 내 분묘를 어지럽히는 배덕자들이여……!』

마치 의식 시설 같은 광활한 공간의 중심에 있는 제단에는 여전히 기이한 오라를 두른 《광왕》이 서 있었다.

"서, 선생님! 저쪽에!"

"그래! 나도 알아!"

그리고 방 안쪽의 감옥에 갇힌 애처로운 학생들의 모습도 눈에 들어왔다.

"큭……! 이 망할 자식이……!"

글렌은 머리에 피가 쏠리는 것을 자각했다.

"얘들아, 구하러 왔다! 안심해! 너희는 내가 반드시 구해주마! 내 목숨을 걸고서라도!"

격정에 몸을 맡긴 채 외친 후 다시 《광왕》을 돌아보았다. 시스티나와 루미아도 긴장한 얼굴로 전투태세를 취했다.

이제 대화는 필요없으리라.

"간다, 《광왕》!"

『흐하하하하하! 얼마든지 와라!』

"우오오오오오오오오오!"

글렌은 속공으로 결판을 내려는 듯 《광왕》을 향해 돌진했다.

그리고 바로 광대의 아르카나를 뽑아 들고 그의 고유 마^{오리지널}술 【광대의 세계】— 자신을 중심으로 일정한 범위 안의 마술 발동을 봉쇄하는 마술을 발동했다.^{스타트 업}

한편, 글렌의 몸에는 이미 온갖 전투 보조 주문이 인챈트된 만전의 상태였다.

이것이 바로 글렌 일행이 사전에 구상한 《광왕》 대책이었다.

고대의 왕을 자칭하는 이상, 틀림없이 상당한 실력의 마술사일 터. 경험상 이런 상대와 정면으로 붙으면 불리할 게 뻔하니 처음부터 마술이라는 카드를 판에서 제외한 것이다.

그리고 【광대의 세계】는 그 누구도 효과를 피할 수 없는 글렌의 히든카드였다. 이미 《광왕》은 허울만 멀쩡한 허수아비나 다름없는 상태이리라.

『《어리석도다》!』

"아, 아닛?!"

하지만 놀랍게도 《광왕》은 마술을 발동했다.

글렌은 옆으로 몸을 날려서 날아드는 광탄을 아슬아슬하게 피했다.

바닥에 명중하자마자 성대하게 솟구치는 폭염과 폭풍.

"거, 거짓말……."

"말도 안 돼……! 넌 어떻게 마술을 쓸 수 있는 거지?!"

글렌과 시스티나는 믿을 수 없다는 눈으로 《광왕》을 노려보았다.

『크크크크…… 과연 어째서일까.』

여유 넘치는 태도로 압도적인 강자의 분위기를 풍기는
《광왕》.

예상을 아득히 뛰어넘은 강적 앞에서 글렌의 심장이 차갑
게 얼어붙었다.

"서, 선생님…… 어쩌죠?"

"치잇……!"

글렌은 떨리는 주먹을 들었다.

이미 상황은 한없이 불리했다.

"그래도 나는……!"

이미 한없이 불리한 상황 속에서도 승기를 찾기 위해 날
카로운 눈으로 《광왕》을 노려본 글렌은 머리를 필사적으로
굴리며 결사의 각오를 다졌다.

"선생님…… 후딱 쓰러트려주세요."

"진짜 어이가 없어서…… 투덜투덜."

하지만 곧 안쪽 감옥에서 그런 기운 빠진 목소리가 들렸다.

글렌의 제자들이었다.

자세히 보니 어지간히 심심했는지 바닥에 앉아서 카드놀
이 같은 걸 하는 판국이었다.

"……아니, 잠깐만!"

그 지나치게 긴장감이 부족한 모습에 글렌은 고개를 갸웃

거리며 항의했다.

"야, 너희들! 나한테 뭔가 할 말 없어?! 난 너희를 구하려고……."

"예~? 하지만…… 그치?"

"후우……."

학생들은 이번에도 맥 빠진 반응을 보였다. 누가 봐도 긴장감이나 공포 때문은 아니었다.

……그제야 글렌은 상황이 뭔가 이상하다는 것을 깨달았다.

"……야, 《광왕》. ……넌 대체 누구야?"

『큭큭큭큭…… 슬슬 때가 된 것 같군. ……좋다. 눈 크게 뜨고 똑똑히 보아라! 내 정체를……!』

그러자 광왕의 온 몸에서 새까만 안개가 흩어지고 어둠의 오라와 로브가 사라졌다.

그 안에서 모습을 드러낸 인물은—.

"훗……."

어둠속에서 눈부시게 빛나는 풍성한 금발. 오히려 더 요사스럽게 빛나는 진홍색 홍채. 미의 여신도 저리가라 할 요염한 몸매.

"커억?! 세, 세리카아아아아아아아아아아아아?!"

학교의 마술 교수이자, 세계 최고위의 제7계제 마술사인^{셉텐데} 세리카 아르포네아였다.

"아니, 잠깐만! 설마 이건 전부 네가 꾸민 짓이었어?!"

"훗. 그래. 내【익스팅션 레이】를 이용해서 이 동굴의 탐색 영역을 넓힌 거다! 하하, 영소 피막 처리가 안 된 타입의 유적이라 별것 아니더군!"

"귀중한 고대 유적에 대체 무슨 짓거리야?! 바보 아냐? 너?!"

글렌은 자랑스럽게 가슴을 펴는 세리카를 추궁했다.

"참고로 각종 장치와 적과 소도구는 마술학원의 마도공학 교수인 오웰 슈더가 융통해준 거다. 마도 인형이라든가, 환영이라든가, 진짜랑 똑 닮은 가짜라든가 전부."

"그 바보 자식, 나중에 두들겨 패줄 테다!"

"그리고 네【광대의 세계】가 통하지 않은 건…… 내가 어젯밤에 몰래 네 아르카나를 가짜와 바꿔치기했기 때문이지."

"확신범이었어?!"

그런 두 사람의 대화를 들은 시스티나는 격심한 허탈감에 사로잡혔다.

"이~ 맞아. 그러고 보니 왠지 마음에 걸리는 게 있었는데…… 이제야 겨우 생각났네."

"뭔데? 시스티."

"그게…… 미탐색 영역, 고대왕의 분묘, 《광왕》, 납치당한 아이들, 마룡 부활의 산제물…… 이 설정은 라이츠 니히의 소설인 『광왕의 시련』을 그대로 베낀 거잖아……."

"아, 아하하…… 그랬구나."

"맞아. ……남들보다 훨씬 적의와 악의에 민감한 리엘의 반응이 왠지 미묘했던 건 범인이 아르포네아 교수님이라서 그랬던 거였어."

두 사람이 그런 대화를 나누는 한편—.

"아니, 그보다 세리카! 넌 대체 왜 이런 바보 같은 짓을 저지른 건데?! 나한테 무슨 원한이라도 있어?!"

"……너, 요즘 며칠간 날 완전히 혼자 있게 내버려뒀지?"

글렌이 핵심을 찌르자 세리카는 묘하게 낮은 목소리로 대답했다.

"이렇게 얼굴을 마주 보고 대화하는 것도…… 진짜 오랜만이고."

"뭐……?"

"연락도 전혀 안 해주고…… 이쪽에서 몇 번이나 통신 마술을 걸어도 안 받고…… 집에도 안 오고…… 외식만 하고……."

"아니…… 그래서 난 한동안 탐색 실습 준비로 바쁠 거라고 말했는데……."

글렌은 뺨을 실룩이며 변명했다.

"시끄러! 시끄러! 너 같은 박정한 아들내미 따위 이제 몰라! 흥이다! 난 이미 타락했는걸! 박정한 널 혼내주려고 고대에서 되살아난 《광왕》이 됐다구! 자, 각오해!"

글렌이 상대해주지 않아서 어지간히 쓸쓸했던 모양인지 울상이 된 세리카는 마치 어린애처럼 팔다리를 버둥거리며 생떼를 부렸다.

"각오는 무슨…… 대체 뭐냐고. 이 시시한 사건은……."

비장한 도입부와 바보 같은 결말의 너무나도 큰 격차 앞에서 글렌은 힘없이 바닥에 손을 짚고 좌절할 수밖에 없었다.

"선생님도 참! 얼른 아르포네아 교수님과 화해해주세요!"

"아니, 그보다 교수님을 혼자 내버려두면 이렇게 될 줄 뻔히 알면서 대체 왜 내버려둔 거냐고요!"

"옳소! 옳소! 책임져!"

"……완전히 나만 악당이 됐구만."

필사적으로 여기까지 달려왔건만 너무나도 심한 취급이었다.

"자…… 글렌, 벌칙 타임의 개막이다! 《뒈져》!"

"자, 잠깐…… 끄아아아아아아아아아아악!"

퍼어어어어어어어어어어엉!

글렌의 단말마와 장렬한 폭발음이 주위로 퍼져 나갔다.

"대체 뭐냐고 진짜! 울고 싶어!"

"참 성대하게 당하셨네요."(국어책 읽기)

시스티나는 자신의 발밑에서 새카맣게 탄 상태로 굴러다니는 글렌을 보고 마치 남의 일처럼 중얼거렸다.

"야, 너, 하얀 고양이! 저 극성 엄마 좀 어떻게 해봐!"

그러자 글렌이 벌떡 일어나더니 시스티나에게 매달렸다.

"제, 제 능력으론 무리예요! 그리고 섣불리 선생님을 옹호했다간 저까지 벌칙 대상이 될지도 모르잖아요?! 전 그런 꼴을 당하는 건 싫다구요!"

"너무해!"

"그래도…… 뭐…… 아르포네아 교수님의 화를 가라앉히는 거라면…… 몇 가지 정도 짐작 가는 방법이 있지만……."

"어?! 진짜?!"

"예. 그게…… 어째선지 그리 권하고 싶은 방법은 아니지만……."

"상관없으니까 말해! 아니, 제발 가르쳐 주십쇼! 부탁드립니다, 하얀 고양이 님!"

"……어쩔 수 없네요. 이대로면 결국 끝이 안 날 것 같으니……."

시스티나는 한숨을 내쉰 후 필사적으로 애원하는 글렌에게 귓속말을 건넸다.

"뭐어?! 그런 방법으로 진짜……."

"됐으니까 일단 해보시라구요!"

그리고 잽싸게 글렌에게서 멀어졌다.

"흐음~? 귀여운 제자와의 상담 시간은 벌써 끝난 거냐……?"

눈빛이 완전히 가라앉은 세리카가 마치 마왕의 행진 같은 걸음걸이로 서서히 다가왔다.

'아니, 잠깐만. 진짜 그런 방법으로 이 상황이 수습된다고……?'

"너무 길게 끌 필요도 없을 것 같으니 슬슬 끝장을 내볼까……."

세리카는 머리 위로 양손을 올리고 어마어마한(무지 아플
것 같은) 마력을 모으기 시작했다.

　"기, 기다려!"

　'이젠 그냥 될 대로 되라!'

　글렌은 이판사판으로 도박을 걸었다.

　"……뭐? 유언이냐?"

　"아니, 그게…… 미, 미안! 요즘 워낙 바쁘다 보니 널 신경
써주지 못해서!"

　"흥, 이제 와서 사과해봤자……."

　"그래서 말인데! 너한테는 평소에 늘 신세를 지고 있으니
감사하는 의미로 다음에 나랑 같이 저녁 식사라도 하지 않
을래? 물론 내가 살게! 하얀 고양이가 엄청 좋은 가게를 소
개해준다고 했거든! 응?!"

　그러자 세리카의 움직임이 딱 멈추었다.

　"…………."

　그리고 잠시 침묵.

　"글렌……."

　고오오오오…….

　마치 실제로 그런 의성어가 들릴 것 같은 분위기의 세리카
가 글렌을 희번덕 노려보았다.

　"예! 말씀하십쇼! 스승님."

　글렌은 뒤집어진 목소리로 대답했다.

'역시 무린가……?'

공포와 긴장감으로 글렌의 등골이 차갑게 얼어붙은 그때였다.

"잘 생각해 보니…… 너, 요 며칠 동안 참 열심히 일하더군."

세리카는 갑자기 그렇게 말한 후—.

"응! 역시 널 강사로 추천한 보람이 있었어! 자, 수업도 끝났으니 다 같이 돌아가자!"

조금 전까지의 마왕 같은 분위기는 대체 어디로 간 건지 마치 천진난만한 여신처럼 눈부신 미소를 지었다.

"'아, 그거면 되는 거구나.'"

그리고 두 사람을 지켜보던 학생들은 모두 심한 허탈감에 어깨를 늘어트릴 수밖에 없었다.

―후일담.

글렌은 마치 아이처럼 크게 들뜬 세리카와 함께 피벨가에서 단골로 이용하는 초고급 요리점을 방문하게 되었다.

물론 글렌이 이번 수업에서 『황금 이끼』로 얻은 수익이 전부 식비로 날아간 건 두말할 필요도 없으리라.

거짓된 영웅

Fake hero

Memory records of bastard
magic instructor

―얻어맞고 날아간 온 몸을 부유감이 지배했다.

뇌를 뒤흔드는 충격은 그야말로 섬광.

의식도, 생각도, 기억도. 자아를 구성하는 모든 것이 허공 너머로 날아가고 세상 전부가 새하얗게 표백되었다.

시간과 공간으로부터 단절되어 날아간 내 의식이 새하얀 세상 끝에서 어렴풋이 목격한 것은 그저 기억의 잔재뿐이었다. 빛바랜 흑백의 기억뿐.

―아아, 그랬었지.

한 때는 깊은 절망에 빠졌었지만 그럼에도 신의 은총과 가호를 믿었던 나날.

그 시절의 자신은 참으로 어리석고 맹목적이었지만…… 그래도 행복했었다.

…………·
……·

"하아……! 하아! 가, 감사했습니다!"

소년은 거친 숨을 내뱉고 이마를 타고 흐르는 땀을 훔쳤다. 온 몸을 나른하게 침식하는 피로를 느끼면서도 등을 꼿꼿이 세우고 공손하게 고개 숙여 인사했다.

대략 열네다섯 살쯤 돼 보이는 소년이었다.

약간 긴 검은머리를 목덜미 근처에서 한데 모아 묶었고 얼굴은 그럭저럭 단정했다. 특히 소년의 온화한 내면과 성격이 자연스럽게 드러나는 것 같은 부드러운 눈빛은 아직 그 나이에 맞는 천진난만함이 남아 있으면서도 보는 이에게는 왠지 모를 어른스러운 인상을 주고 있었다.

동년배에 비하면 약간 키가 크고 탄탄한 체격에 몸에 걸친 것은 스탠딩 칼라의 사제복.

아무래도 이 소년은 벌써 정식 자격을 가진 사제인 듯했다.

"허허허…… 또 실력이 많이 늘었군요, 아벨."

그런 소년 앞에는 마찬가지로 사제복을 입은 초로의 남성이 서 있었다.

한없이 온화한 미소. 자애 넘치는 깊은 눈동자. 긴 세월을 거치며 새겨진 주름에는 관록과, 마주하는 이가 무심코 자세를 바로 하게 하는 『덕(德)』이 느껴졌다.

넓은 어깨 폭과 꼿꼿한 등, 마치 대지에 깊이 뿌리를 내린 듯한 체간에서는 나이와 약함은커녕 오히려 역전의 베테랑 같은 인상을 주고 있었다.

"역시 젊음은 좋군요. 주님께서 인간에게 베풀어주신 가능성의 빛이 찬란합니다. 겨우 열네 살의 나이에 벌써 이 정도의 기량이라니…… 정말 놀라움을 금할 수가 없군요. 이 상태라면 당신은 머지않아 저를 뛰어넘을 수 있을 겁니다."

"아뇨, 그렇지 않습니다. 파울로 사부님."

아벨이라 불린 소년은 황송한 듯 고개를 가로저었다.

"전 한참 멀었어요. 아직 사부님의 발끝에도 미치지 못합니다. 대체 어떻게 해야 사부님처럼 강해질 수 있을지…… 모자란 머리로 매일 고민하고 있을 정도인걸요."

그리고 아벨은 마치 고뇌하는 것처럼 고개를 떨구었다.

"이렇게 사부님의 가르침을 받고 강해질 때마다 전 통렬하게 체감하고 있습니다. 저와 사부님 사이에 존재하는 절대적인 역량 차이를. 재능의 차이를. 어쩌면 전 아무것도 이루지 못하고 어중간한 상태로 끝나는 게 아닐지…… 그런 생각으로 괴로워서 차마 견딜 수 없을 때도 있어요."

그러자 파울로가 아벨을 타일렀다.

"조바심은 금물입니다, 아벨."

"사부님……."

"제3장 57절, 『만리(万理)에 왕도는 존재치 않으니 주님께선 스스로를 돕는 자를 도울지어다』……당신이 도달하려는 건 제가 수십 년에 걸쳐서 걸어온 길. ……단 한걸음씩이라도 좋습니다. 계속 걷다보면 분명 그 앞에는 주님의 인도가 있을 테지요. 주님께선 당신을 계속 지켜보고 계시는데 다른 그 누구도 아닌 당신이 본인의 가능성을 포기하면 어찌하겠습니까. 가능성의 빛은 곧, 신의 빛. 그것은 누구에게나 평등하게 닿고 있으니까요."

"아, 예……."

"그리고 무엇보다 육체의 강함보다 마음의 강함을 따르십시오. 괴로울 때는 초심을 떠올리는 겁니다. 당신이 어째서 힘을 추구하는지, 어째서 강해지고 싶은 건지. 그 마음을 직시하고 오로지 힘을 갈고 닦는 것에만 전념하는 어리석은 자가 되십시오. 눈을 감고 귀를 틀어막는 건 교만의 죄에 해당합니다만, 그 맹목적인 어리석음은 분명 주님께서도 용서해 주실 테지요."

"아, 예! 감사합니다!"

아벨은 그제야 망설임을 떨쳐낸 듯 밝은 표정으로 더욱더 깊이 고개를 숙였다.

"후후, 괜찮습니다."

파울로가 온화하게 웃으며 그렇게 대답한 순간.

""아벨 형~!""

""아벨 오빠~!""

"고생했어, 아벨. ……오늘도 참 열심히 하던걸."

아이들의 기운 넘치는 목소리와 소녀의 부드러운 목소리가 아벨의 귓가에 닿았다.

고개를 돌리자 지금까지 파울로와의 일과 훈련으로 좁아졌던 시야가 단숨에 넓어지며 그제야 세상의 광경이 눈에 들어왔다.

여기는 어느 시골 교외에 있는 교회의 앞마당이었다.

건물 부지는 잡목림에 둘러싸여 있었고 맞은편 길은 한산했다.

고아원을 겸한 교회는 오래된 2층 벽돌 건물이었고 벽에는 덩굴이 얽혀 있었다.

그런 교회의 현관에서 방금 들은 목소리의 주인들이 아벨을 향해 일제히 달려오는 모습이 보였다.

그 수는, 아홉 명.

"오빠!"

"어이쿠. 딘, 리타, 그리고 크라이브까지. 아하하…… 그렇게 다 같이 달려들면 내가 어떻게 버티겠니."

아홉 명의 아이들이 이리저리 잡아끌고 매달리자 아벨은 쓴웃음을 흘릴 수밖에 없었다.

"후후, 좀 참아. 다들 널 정말 좋아해서 같이 놀고 싶은데도…… 파울로 님과의 훈련 때문에 애써 꾹 참고 있었으니까."

그러자 마지막으로 다가온 소녀가 쿡쿡 웃으며 말했다.

아벨보다 두세 살쯤 연상에, 어딘지 모르게 그와 닮은 구석이 있는 소녀였다.

바람에 부드럽게 흔들리는 긴 머리카락과 다정해 보이는 눈빛은 마치 성화(聖畵)처럼 아름다웠다.

적어도 이런 시골 동네에 있는 게 아까울 정도의 미소녀였고 어디 좋은 집 아가씨라고 해도 아무도 위화감을 느끼지 못하리라. 만약 아름답게 꾸미고 예의작법을 배운다면 귀족

의 사교계에서도 충분히 통하고도 남을 기량과 매력의 소유자였다.

다만, 아쉽게도 현재 그녀가 입고 있는 건 촌스럽고 수수한 수녀복이었지만 말이다.

"아리아 누나?"

아이들을 상대하던 아벨이 이름을 부르자 수녀복을 입은 소녀, 아리아는 기쁜 얼굴로 웃었다.

"그리고 요즘 들어선 파울로 님과의 마술 훈련에 흠뻑 빠져서 내 상대도 잘 안 해주고…… 어느새 목욕도 혼자하게 됐으니…… 누나로선 좀 쓸쓸할지도?"

"아, 정말! 누나도 참! 이젠 둘 다 애도 아닌데!"

아리아가 응석부리는 눈으로 올려다보자 아벨은 얼굴을 붉히며 반박했다.

"아하하, 미안 미안. 그건 그렇고…… 우리 남매가 이 교회에…… 파울로 님께서 거둬주신 지도 벌써 5년인가……."

"……."

아리아가 먼 곳을 보는 눈으로 교회를 올려다보자 아벨은 무심코 입을 다물었다.

그와 아리아가 이 교회에 신세를 지게 된 계기를 떠올리면 반드시 어떤 기억에 도달하기 때문이다.

그것은 두 사람이 아직도 꿈에서 나오면 심한 가위에 눌릴 정도로 괴롭고 슬픈 과거의 기억이었다.

아벨과 아리아는 사실 이 도시 출신이 아니었다. 훨씬 더 변경에 있는 농촌 출신이었다.

당시의 생활은 결코 편하지 않았지만 너그럽고 마음 착한 마을사람들과, 그리고 무엇보다 다정한 부모님이 있어서 두 사람은 행복했다.

신앙심이 깊은 마을사람들은 매일처럼 교회에 다니며 신에게 기도를 올렸고 누구나 이 평화로운 생활이 언제까지고 계속되리란 것을 믿어 의심치 않았다.

그리고 도저히 잊을 수 없는 그 날은 1년에 한 번 찾아오는 하지제(夏至祭)—『요한의 진화제(鎭火祭)』.

마을사람 전원이 즐거운 축제와 맛있는 요리 앞에서 열광한 순간, 그 비극이 일어나고 말았다.

이유와 원인은 아직도 알 수 없었다. 갑자기 어디선가 나타난 세 대악마가 축제 분위기로 들뜬 마을을 습격했던 것이다.

일류 마술사나 퇴마사(엑소시스트)조차 감당할 수 없는 강대한 개념존재들을, 싸우는 법도 모르는 평화로운 변경의 마을사람들이 어찌 감당할 수 있으랴.

악마들이 휘두르는 거대한 팔과 강대한 마력 앞에서 저항할 틈도 없이 단숨에 산산이 조각난 고깃덩이로 변했고 흘러넘친 피가 땅을 붉게 물들였다.

신에게 바치기 위해 피운 모닥불은 마을 전체를 불태우는 업화로 변했다.

마을사람들이 자연의 은혜에 감사를 바치기 위한 만찬회는 악마들이 마을사람들을 포식하는 모독적인 사바트로 변모했다.

그날 아벨과 아리아가 목격한 것은 그런 현세에 강림한 지옥이었다.

아버지와 어머니가 자신들의 몸을 희생해서 마을 밖으로 내보내주지 않았다면 지금쯤 두 사람의 혼은 악마의 무저갱 같은 위장 속에서 소화되지 않았을까.

하지만 아직 어렸던 두 사람의 다리로는 그리 먼 곳까지 달아날 수 없었다.

결국 쫓아온 대악마들에게 따라잡히고 말았다.

그런 절체절명의 순간에 등장한 인물이 바로 파울로 세인즈— 파울로 사부였다.

순례 사제이자, 초일류 마술사이자, 엑소시스트이기도 했던 그는 격렬한 싸움 끝에 대악마들을 물리치고 어린 아벨과 아리아를 구해냈다.

그리고 거기서 순례 여행을 멈춘 파울로는 오갈 데 없는 아벨과 아리아의 보호자를 자처했다. 이 시골 도시의 목사로 부임하는 동시에 고아원까지 경영하게 된 것이다.

처음에 이 교회에 정착한 건 파울로와 아벨과 아리아뿐이었지만 파울로는 또 어디선가 아이들을 데려왔다. 그렇게 모인 딘, 리타, 크라이브, 루체를 비롯한 아홉 명의 아이들에게 친아버지 같은 애정을 쏟아주었다.

부모를 잃거나 버려진 아이들은 모두 마음에 상처를 입고 있었지만 함께 도와가며 살아가는 사이에 과거를 극복하고 진정한 가족이 되었다.

지금은 아벨과 아리아에게 이 교회와 도시는 제2의 집, 제2의 고향이 돼가고 있었다.

"……."

아벨이 자신에게 매달린 아이들을 상대하며 그런 과거를 떠올린 순간—

"저기, 아벨."

아리아가 얼굴을 들여다보며 말을 걸었다.

"넌 왜 그렇게까지 강해지고 싶은 거야?"

"그건……."

"넌 워낙 착한 데다 벌레도 함부로 못 죽일 정도로 심약해서…… 싸움 같은 거친 일과는 전혀 어울리지 않을 줄 알았는데. 하지만 요즘 네가 마술과 전투 훈련에 임하는 자세는 무서울 정도로 진지해 보였어. ……혹시 넌 제국군의 마도사가 되고 싶은 거니? 다른 젊은 남자들처럼…… 장래에는 이 도시를 떠나서 제도(帝都)로 가고 싶은 거야?"

왠지 쓸쓸해 보이는 아리아의 표정에 아벨은 무심코 말문이 막혀버렸다.

"허허허……. 걱정할 것 없습니다, 아리아."

그러자 파울로가 온화한 미소를 짓고 다가왔다.

"아벨은 그저…… 당신들을 지키고 싶은 것뿐이니까요."

"예?"

아리아가 어리둥절한 얼굴로 바라보자 아벨은 쑥스러운 듯 뺨을 붉히고 시선을 피했다.

그리고—.

"……지금도 이런 생각을 하곤 해. 만약 5년 전 그날…… 나한테 힘이 있었으면 아버지와 어머니를…… 마을사람들을 지킬 수 있었을지도 모른다고."

"아벨……."

"그때 우리는 운 좋게 파울로 사부님이 와주셔서 무사했지만…… 파울로 사부님이 안 계셨다면 난 누나도 지키지 못했을 거야. 만약 내가 파울로 사부님처럼 강했더라면 그런 결과를 맞이하지 않았을 거라는 생각이…… 들어서……."

"아벨…… 아니야. 역사에 『만약』이라는 건 없어. 과거에 사로잡히지 마. 간신히 부지한 생명의 무게를, 주님의 뜻을, 행운을, 그저 솔직하게 주님과 파울로님께 감사하면서 살면 되는 거야."

아벨은 걱정스러워 하는 아리아를 안심시키려는 듯 미소 지었다.

"걱정하지 마, 누나. 그건 나도 알아. 그래서 내가 강해지려는 건 이번에야말로 누나와 모두를…… 가족을 지키고 싶어서…… 단지 그뿐이니까. 이젠 두 번 다시 그런 일을 당하게 하지 않을 거야. ……내가 지키고 말겠어. 난 그래서 강해지려는 거야."

"아, 아벨……."

"허허허…… 아직도 누나한테서 졸업하지 못한 귀여운 동생의 성장에 무척 놀란 모양이군요, 아리아. 예, 이 나이의 젊은이는 성장이 굉장히 빠릅니다. 조금만 눈을 떼면 믿을 수 없을 정도로 몸과 마음이 성장하기 마련이지요."

파울로는 한없이 자상한 표정으로 두 사람을 지켜보았다.

"그건 그렇고…… 요즘 아벨의 성장에는 저도 놀랄 정도입니다. 솔직히 현시점에서 아벨의 마술사로서의 실력은 제국군에서도 통할 수준일 겁니다. 군에 입대한다면 언젠가는 『영웅』이라 불릴 만한 존재가 될지도 모르겠군요."

"아, 안 돼요! 파울로 님! 아벨은 절대로 군대에 넘기지 않을 거예요! 그런 건 제가 절대로 허락 못 해요!"

"거, 걱정하지 마. 누나. 난 딱히 군인이 되고 싶은 것도 아니니까……."

"허허허…… 이거 참, 아무래도 동생에게서 졸업하지 못한 건 아리아 쪽이었던 모양이군요."

세 사람이 그런 대화를 나누고 있자 아이들이 불만스러운 얼굴로 매달렸다.

"있잖아, 아리아~. 파울로 님~. 배고파요~."

"밥은 아직이야~?"

"오오, 미안하게 됐군요. 벌써 이런 시간이라니. 아벨의 훈련을 봐주느라 제가 그만 깜빡하고 있었군요. ……아리아."

"예, 바로 저녁 식사를 준비할게요. ……아벨, 애들 좀 부탁해도 될까?"

"응, 알았어. 누나. 나한테 맡겨둬."

"후후, 그럼 부탁해."

이렇게 해서 평범하고 평화로운 교회의 하루는 오늘도 별일 없이 막을 내렸다.

아벨의 일상은 무난하면서도 천천히 흘러갔다.

밤에는 파울로에게 직접 마술 지도를 받으며 다양한 주문을 공부했다.

낮에는 파울로에게 실전적인 마술 전투 훈련을 받았다.

평소의 인자한 태도와는 달리 아벨을 훈련시키는 파울로의 지도와 가르침은 절대로 잊어선 안 될 전투의 처참함을 마치 그의 영혼에 새기려는 것처럼 혹독했다.

그래서 수행이 무척 괴롭고 힘들 때도 있었지만 아벨을 엄격하면서도 세심하게 지도하는 파울로의 가르침의 근간에는 사랑이 존재했다.

아벨이 뭔가 하나를 이룰 때마다 파울로는 마치 자기 일처럼 기뻐했다.

그리고 무엇보다 아벨은 누구보다 강하고 성인처럼 자애로운 파울로를 진심으로 존경했다. 파울로처럼 되고 싶었다.

또한—.

"오늘은 장보는 데 같이 와줘서 고마워, 아벨."

"아하하, 우린 대가족이니까. 짐꾼이라면 언제든지 맡겨줘."

예를 들면, 이렇게 시내에서 양손에 식료품을 잔뜩 든 상태로 온화하게 웃는 아리아의 옆에서 걸을 때도…….

"힘들지? 아벨. 하지만 너무 무리하지는 마. 좀 쉬는 게 어떠니?"

"……고마워, 누나."

이렇게 한밤중에 책상 앞에서 졸린 눈을 비비며 마술 공부를 하고 있을 때 아리아가 홍차를 타줬을 때도…….

"축하해, 아벨! 축하해! 사제 자격 취득용 신학 시험 합격을 축하해!"

"고, 고마워. 누나……."

"이걸로 너도 오늘부터 어엿한 목사님인 거구나! 이런 젊은 나이에 그 어려운 시험에 합격하다니…… 난 네가 자랑스러워! 과연 아벨이야! 정말 대단해!"

"잠깐…… 누, 누나?! 길거리에서 껴안는 건…… 다들 보고 있다고!"

이렇게 아벨이 뭔가를 해냈을 때 아리아가 마치 자기 일처럼 기뻐하며 축복해줬을 때도…….

—그런 평범하고 평화로운 일상을 그녀와 공유할 때마다 생각했다.

누나를 지켜주고 싶다고…….

한 번은 잃고 말았지만 마침내 되찾은 이 평화로운 일상을 지키고 싶다고…….

그래서 아벨은 아무리 어려운 수행과 과제도 견뎌낼 수 있었다. 전부 받아들일 수 있었다.

그리고 그런 바쁜 일상 속에서도 아이들을 봐주거나 집안일을 도우며 최대한 가족을 지탱해주려 했다.

바쁘면서도 충실한, 누군가와 함께 웃을 수 있는 나날은 그렇게 서서히 흘러갔다.

서서히…….

그리고 그런 어느 날, 교회 뒤편의 약간 어두침침한 잡목림에서—

"……『하나를 포기하고 아홉을 구한다』……인가요?"

오늘 수행 과제인 어설트 스펠의 속사 훈련을 하다가 잠시 쉬던 아벨은 존경하는 파울로의 입에서 그런 생각지도 못한 말이 나오자 눈을 깜빡거릴 수밖에 없었다.

"그렇습니다. 더 정확히 말하자면 확실히 구할 수 있는 대다수를 위해, 구할 여지가 적은 소수를 포기하는 결단을 내리는 것. 생명의 취사선택을 하는 것. ……이건 누군가를 지키려고 싸우는 자라면 항상 염두에 둬야 할 일입니다. 구원하려는 자는 더 많은 이를 구하기 위해 항상 현실을 직시하며 이상과 타협하고, 거기서 결코 눈을 돌려서는 안 됩니다. ……아무튼 저희는 모든 이를 구원할 수 있는 전지전능한 신이 아니니 말입니다."

파울로는 온화하면서도 엄격한 말투로 말했다.

"……설마 사부님 입에서 그 『알베르트 프레이저』 같은 말이 나올 줄은 생각도 못 했네요."

그러자 평소에는 늘 파울로의 가르침에 순종적이던 아벨도 이때만큼은 아주 약간 불만스러운 투로 대답했다.

"전 그런 건 사양입니다. 처음부터 누굴 구하고 말지를 정한다니요. 전 절대로 단 한 명도 포기하지 않을 거예요. 전력을 다해 열을 구해내고 말 겁니다."

"허허허…… 그 마음가짐은 존중합니다. 절대로 잊지 마십시오, 아벨."

아벨이 강하게 반박했지만 파울로는 딱히 기분 상한 기색도 없이 온화한 미소로 대답했다.

"……사부님?"

"예, 그걸로 된 겁니다. 아벨. 신이 아닌 인간은 결코 그 일로 타협해선 안 됩니다. 경솔한 선택은 인명을 가볍게 여기는 행위…… 그것이야말로 주님의 뜻에 등을 돌리는 행위라 볼 수 있겠지요."

"그, 그럼……."

"하지만 실제로 언젠가는 찾아오기 마련입니다. ……그런 선택을 해야만 하는 순간이."

"……."

"안타깝지만…… 저도 예전의 구제 순례 여행 도중 그런 선택에 직면해야만 했던 적이 한두 번이 아니었습니다."

실감과 무게감이 깃든 파울로의 목소리에 아벨을 입을 다물 수밖에 없었다.

"예를 들면…… 저나 아리아 중 한 명밖에 구할 수 없는, 그런 상황이 온다면 당신은 어느 쪽을 구하겠습니까?"

"그, 그야 당연히 저라면 반드시 둘 다 구할 수 있는 방법을 찾아서……."

"허허허, 제가 선택이라고 말하지 않았습니까. 그건 답이 될 수 없습니다, 아벨."

"……!"

파울로의 지적에 아벨은 납득하지 못한 얼굴로 시선을 내리깔았다.

"심한 소리를 해서 미안합니다. 하지만 고민에 고민을 거듭하고, 마지막까지 발버둥 쳐도…… 인간의 힘으로는 어찌할 수 없는 선택에 직면하는 순간이 현실에 엄연히 존재합니다. ……그 사실을 결코 잊지 마십시오. 모든 이를 구하고 싶다는 당신의 선량함은 존중합니다만, 그것이 때로는 족쇄가 될 수 있다는 사실을……. 누군가를 지키기 위한 싸움이란 원래 그런 것입니다."

"하지만……."

물론 총명한 아벨은 이해하고 있었다.

사부가 무슨 말을 하고자 하는지 머리로는 이해했다.

하지만 마음은 납득해주지 않았다.

그 순간, 머릿속에 떠오른 것은 그야말로 지옥 같았던 고향의 5년 전.

아버지와 어머니를 구했다면. 마을사람들을 전부 구했다면. 모든 이를 구할 수 있었다면…….

분명 지금도 다들 변함없이 행복하게 살고 있었으리라. 가끔 밤에 아리아의 방에서 들려오는 흐느끼는 소리를 무력한 기분으로 듣지 않아도 됐으리라.

역시 아벨도 내면적으로는 아직 과거를 극복하지 못한 걸지도 몰랐다.

아벨은 모든 이를 구원하고 싶었다. 그러기 위한 힘을 원했던 것이다.

"아벨. 언젠가 당신도 알게 될 날이 올 겁니다."

그래서 아벨은 파울로의 말을 거부하듯 그저 입을 다물고 있을 수밖에 없었다.

"……납득이 가지 않습니까?"

그러자 파울로는 그런 아벨의 속내를 짐작한 듯 변함없이 온화한 얼굴로 물었다.

"……예. 죄송……합니다."

돌이켜보면 존경하는 사부의 뜻을 거스른 건 이번이 처음일지도 몰랐다.

어쩌면 파울로는 이런 자신에게 정나미가 떨어져서 싸우는 법을 가르치는 것을 그만둘지도 몰랐다.

아벨이 그렇게 각오한 순간—.

"그렇다면 강해지십시오."

파울로는 다정하면서도 힘이 느껴지는 목소리로 그렇게 말했다.

"……!"

예상치 못한 대답에 아벨은 눈을 크게 떴다.

"예. 강해지는 겁니다. 저보다, 그 누구보다, 그 무엇보다도…… 끝없이. 당신과 주변 사람들에게 닥치는 온갖 불합리한 현실에 저항할 수 있도록. ……요즘 이 일 때문에 고민하고 있었지요? 걱정하지 않아도 당신은 강해질 수 있을 겁니다. 몸도 마음도."

마치 마음속을 꿰뚫어보는 듯한 발언에 아벨은 퍼뜩 놀랐다.

"하, 하지만 사부님…… 그건……."

"선택은 마지막까지 고민하고 발버둥친 끝에 비로소 찾아온다고 했지요? 그렇다면 그 단계에서도 구할 정도의 힘이 있으면 되는 겁니다. 강하면 되는 겁니다."

"……!"

"하하하, 그립군요. 과거에 저도 스승님께 이런 말을 들었을 때 당신처럼 반발했던 적이 있었습니다. 저도 참 젊었지요. 하지만 스승님도 방금 제가 했던 말로 절 격려해주셨습니다."

"그런 일이……."

"물론 현실은 녹록치 않습니다. ……저에겐 무리였습니다. 하지만 아벨, 당신이라면 해낼 수 있을지도 모릅니다."

"사부님……."

"자신을 가지십시오. 당신의 마술에 관한 재능은 틀림없이 주님께서 내려주신 천부적인 것. 이 아름답고도 잔혹한 세상에서 그런 재능을 갖고 태어난 건 분명 무슨 의미가 있을 거라고 저는 확신하고 있습니다. 당신이라면 저와 제 스승이 도달하지 못했던 영역에…… 모든 이를 구하는 구세주가 될 수 있을지도 모르지요. 그렇지 않더라도 그 길에 도달하려는 마음이 숭고하다는 건 의심할 여지가 없습니다. 그 고행의 과정에서 수많은 이들이 구원받을 수 있겠지요. 그러니 지금은 제 말을 믿고, 자신을 믿고 단련에 전념하십시오. 그럼 언젠가 주님께선 반드시 당신 앞에 나타나셔서 가야할 길을 알려주실 겁니다."

그리고 파울로는 아벨의 어깨에 손을 얹으며 자애로운 목소리로 말했다.

"『마음을 열고 믿으라. 그러하면 얻을 수 있으리라』…… 당신을 가장 믿을 수 있는 건 다른 그 누구도 아닌 당신 자신입니다. 그러니 부디 포기하지 마십시오. ……당신이라는 훌륭한 제자를 얻은 건 저의 기쁨, 당신은 제 자랑이니까요."

아벨을 바라보는 파울로의 눈은 한없이 깊고 투명했다.

그리고 그 말에 감격한 아벨은 자연스럽게 고개를 숙일 수밖에 없었다.

"앞으로도…… 많은 지도 편달을 부탁드립니다! 사부님!"

"후후, 그건 제가 하고 싶은 말입니다. ……그럼 오늘은 이만 할까요?"

"예!"

그런 대화를 나눈 아벨과 파울로는 교회를 향해 나란히 걸어갔다.

"……오늘은 그런 일이 있었어."

그날 밤, 교회 주방에서 아리아의 설거지를 돕던 아벨은 기쁜 얼굴로 낮에 파울로와 있었던 일을 이야기했다.

조금 전까지 교회의 모두와 떠들썩한 저녁 식사를 마친 주방의 좁은 싱크대에는 접시와 그릇이 수북했다.

아리아는 그것들을 밖에서 길어온 우물물과 지푸라기를 엮어 만든 수세미로 정성껏 닦았고, 의자에 앉은 아벨은 그렇게 받아든 식기들을 천으로 깨끗하게 닦고 있었다.

"파울로 사부님은 역시 대단한 분이셔. ……물리적인 강함뿐만이 아니라 사람 자체가 큰 분이셨어."

"후후, 맞아. 아무튼 우리를 위해서 이런 고아원까지 열어주실 정도인걸. 파울로 님이 계시지 않았다면 지금쯤 우린 어떻게 됐을지……."

아리아도 마치 자기 일처럼 기뻐하며 고개를 끄덕였다.

"파울로 님은 이 도시의 교구를 주관하는 목사로서 주변 사람들의 신뢰도 두텁고…… 인생에서 길을 잃은 많은 사람들의 상담도 매일 진지하게 받아주고 계셔. 이 도시에 처음 왔을 때는 다들 외지인 취급이었지만, 지금은 완전히 이 도시의 유지이신걸. 일주일에 한 번 열리는 설교회에도 파울로 님의 말씀을 들으려고 사람들이 엄청 몰려와서 정신이 없을 정도잖아?"

"응. 그리고 어쩔 수 없는 문제 앞에서 애처럼 현실을 부정하기만 하는 나와 달리, 사부님께선 훨씬 더 먼 곳을 바라보고 계셨어. 나도 그런 식으로 누군가를 이끌어줄 수 있는 큰 사람이 될 수 있으면 좋겠지만……."

그렇게 열변을 토하던 아벨은 갑자기 시선을 내리깔더니 한숨을 내쉬었다.

"그래서 솔직히 불안해. ……내가 정말로 그 분을 따라잡을 수 있을까?"

아벨은 식기를 닦던 것을 멈추고 주먹을 쥔 손을 내려다보았다.

그리고 존경하는 사부에게 낮에 들었던 말을 되새겼다.

"요즘 사부님의 지도로 강해질 때마다…… 강함과 싸움이라는 것이 뭔지 알게 될 때마다 뼈저리게 느끼곤 해. ……사부님과 나 사이에 존재하는, 범접할 수 없는 격의 차이를."

"아벨……."

그러자 아리아도 설거지를 멈추고 아벨의 옆얼굴을 돌아보았다.

"사부님은…… 정말 굉장한 분이셔. 동방에서 배웠다는 격투기 실력도, 어지간한 마술사는 비교조차 할 수 없는 마술의 기량도. 만약 본인이 원하신다면 사부님께선 언제든지 『영웅』이라 불리는 존재의 한축을 맡으실 수도 있을 거야."

그리고 아벨은 크게 한숨을 내뱉었다.

"그런 사부님께서 나한테는 재능이 있다고 말씀하셨지만…… 솔직히 난 도저히 따라잡을 엄두가 안 나. ……난 정말 강해질 수 있을까? 사부님처럼 누군가를 지켜주는 사람이 될 수 있는 걸까?"

그러자 아리아는 아벨을 똑바로 바라보았다.

"저기, 아벨."

그리고 품속에서 뭔가를 꺼내 보여주었다.

십자가 형태의 펜던트였다.

아리아는 눈을 깜빡이는 아벨의 뒤로 말없이 걸어간 후 팔을 뻗어서 그의 목에 펜던트에 달린 체인을 걸고 뒤에서 물림쇠를 잠갔다.

"누나, 이건……?"

아벨이 멍한 얼굴로 목에 걸린 십자가를 내려다보자 아리아가 대답했다.

"내 선물. 너, 얼마 전에 사제 자격을 취득했잖아?"

"응. ……말은 도구이며, 성서는 도구함. 사람들의 마음에 박힌 괴로움이라는 못을 말이라는 도구로 빼주고 싶어서, 우리처럼 불행하게 길을 잃은 사람들을 조금이라도 도와주고 싶어서……."

그러자 아리아는 뒤에서 그를 살며시 안아주고 속삭였다.

"후훗, 넌 정말 대단해……."

"누나?"

"내가 지켜주려고 했던 귀여운 동생은 어느새 날 두고 저 멀리 걸어가고 있구나. 계속 성장하고 있어."

"……."

"조바심은 금물이야, 아벨. 파울로 님께서도 말씀하셨다 며? 자신을 믿으라고. 네가 해야 할 일을 하라고. 지금은 그 걸로 충분하잖아?"

아벨이 입을 다물었지만 아리아는 말을 멈추지 않았다.

"그리고…… 넌 지금도 충분히 강해."

"그렇지는……."

"아니야, 난 지난 5년간 주님께『제발 이 새로운 가족을 지켜 달라』고…… 그렇게 기도만 드리고 있었는걸."

"……!"

"난…… 그날 우리한테 닥친 불행에 눈과 마음을 닫고 매 일처럼 이불 속에서 울고, 떨면서 잊으려고 애썼어. ……그 토록 사랑했던 아버지와 어머니도, 마을사람들도…… 이제 는 내 마음을 얽매는 족쇄에 지나지 않더라."

"누나……."

"너처럼 그 처참한 과거를 똑바로 마주보고, 극복하고, 그 리고 새로운 현실을 지키기 위해 한걸음을 내디디려는 용기 가…… 나한테는 없었어. 없었던 거야."

귓가에서 속삭이는 아리아의 목소리에 아주 살짝 물기가 배었다.

"그러니 아벨. 넌 강해. ……그리고 강해질 수 있어. 누나 가 보증할게. 왜냐하면 넌…… 내 자랑스러운 동생인걸."

그 말을 들은 순간, 아벨은 왠지 모를 안도감을 느꼈다.

"……고마워. 누나가 그렇게 말해주니…… 좀 더 열심히 해보자는 의욕이 생기네. 응, 맞아. ……누나와 모두는 내가 반드시 지켜주겠어."

그리고 망설임을 떨쳐낸 것처럼 말했다.

"후후후…… 하지만 남을 구해주는 것도, 우리를 지켜주는 것도 좋지만 이건 잊지 마. 그러다 네가 다치기라도 하면 아무런 의미도 없어. 그러니……."

"나 자신을 소중히 하라는 거지? ……걱정하지 마. 나도 아니까. 무리하진 않을 거야."

아벨과 아리아가 서로의 숨결이 느껴질 정도로 가까운 거리에서 미소 지은 순간이었다.

"저기 저기! 아벨 오빠~! 아벨 오빠~!"

투다다다!

고아원에서 가장 나이가 어린 유이가 거침없이 주방으로 달려 들어오자 아벨과 아리아는 황급히 거리를 벌리고 평정을 가장했다.

"무, 무무무, 무슨 일이야? 유이."

"어? 아벨 오빠랑 아리아 언니, 둘이 찰싹 붙어서 뭐한 거야~?"

"아, 아아아, 아무것도 아니야! 아무것도! 그건 그렇고 무슨 일이니? 유이!"

얼굴이 새빨개진 아리아는 완전히 깨끗해진 접시를 닦으면서 당황했다.

하지만 아직 어린 유이는 두 사람의 반응에 별다른 의문을 느끼지 못했는지 활짝 웃으며 대답했다.

"오빠, 오빠! 책 좀 읽어줘~! 다들 오빠가 읽어줬으면 좋겠대~! 지금은 파울로 아빠도 없으니까~!"

"아, 책? 하지만 난 지금 설거지를 돕는 중이라……."

아벨은 아리아를 힐끔 돌아보았다.

"나, 난 딱히 상관없어. 남은 건 나 혼자해도 되니까 넌 아이들을 상대해주렴."

그러자 아리아는 이쪽을 배려해주었다.

"알았어. ……미안, 누나."

"괜찮아. 넌 늘 공부랑 훈련 때문에 많이 피곤할 텐데도 집안일을 도와주는걸. 그보다 자, 어서 애들한테 가 봐."

"응. 그럼……."

아벨은 마침 손에 들고 있던 접시를 깨끗하게 닦은 후 유이의 손에 이끌려서 주방을 뒤로했다.

하지만 어째선지 곧 걸음을 멈추고 아리아를 돌아보았다.

"그러고 보니 파울로 사부님은 어딜 가신 거야? 저녁 식사가 끝나자마자 나가시던데…… 누나는 무슨 이야기 들은 거 없어?"

문득 떠오른 사소한 의문에 아리아는 아무렇지 않게 대답했다.

"아, 그거라면…… 갑자기 멀리서 옛 지인이 찾아오셨다나 봐. 굉장히 급한 일이라 파울로 님께 남몰래 상담을 받고 싶다고 해서 아마 지금쯤 참회실에 계실 거야."

"하하, 사부님답네."

고작 몇 년 만에 이 도시 주민 대다수의 신뢰를 얻은 파울로라면 외부에서 의지하러 온 사람이 있어도 전혀 이상할 건 없었다.

그렇게 납득한 아벨은 유이의 뒤를 따라 담화실로 이동했다.

"……자, 그럼 오늘은 어떤 책을 읽어줄까?"

담화실에는 이 교회에서 거둔 아홉 명의 아이들이 모여 있었다.

전원 다섯에서 열 살 정도의 어린아이들이었고 아벨을 친오빠나 친형처럼 따랐다.

"얘들아, 싸우면 못 써. 평소처럼 차례대로 정하자."

그리고 그런 아이들이 저마다 읽고 싶은 책을 소란스럽게 언급하는 통에 서로 싸움이 날 뻔하자 아벨은 쓴웃음을 짓고 말렸다.

"으음, 그럼…… 오늘 읽을 책을 고를 사람은……."

"유이야!"

유이가 구김살 없이 웃으며 손을 번쩍 들었다.

"그래, 유이 차례였지. 유이는 어떤 책을 잃어줬으면 좋겠어?"

"응~ 그러니까~."

아벨이 부드럽게 묻자 유이는 잠시 망설인 후.

"이 책~."

이윽고 책장에서 한 권의 책을 힘껏 뽑아들었다.

"그건……."

표지를 본 순간, 아벨은 살짝 눈살을 찌푸렸다.

그 책의 제목은 『거짓된 영웅 알베르트 프레이저 전기』였다.

"하아…… 하필이면 그 책을……."

"응? 왜 그래? 아벨 오빠."

"이 책은 싫어?"

아벨이 약간 내키지 않는 기색을 드러내자 아이들은 민감하게 눈치채고 고개를 갸웃거렸다.

"아, 아니…… 그런 건 아닌데. ……꼭 그 책으로 해야겠니?"

"응! 다른 책들은 이제 질렸는걸!"

"얼른 읽어줘! 형!"

"빨리! 빨리!"

제목의 『영웅』이라는 단어에 호기심이 동했는지 아이들은 유이가 손에 든 책에 완전히 집중하고 있었다.

"그, 그 책은…… 저기, 유이? 다른 책으로 하면 안 될까?"

아벨은 뺨을 살짝 실룩이며 제안했다.

"에~ 싫어! 유이는 이 책이 좋아! 오빠 다른 애들이 좋아하는 책은 읽어줬으면서 왜 유이는 안 된다는 거야~?"

하지만 유이는 뺨을 부풀리기 시작했다.

"형! 그 책 읽어줘! 영웅이 나오는 이야기잖아?!"

"굉장해~! 영웅, 굉장해~!"

딘과 크라이브는 이미 마음을 정한 듯 싶었다.

"……에휴."

아벨은 어쩔 수 없다는 듯 체념했다.

솔직히 알베르트 프레이저의 반생은 아이들에게 들려줄 만한 이야기가 아니었다.

하지만 이것 또한 아이들이 어른이 되기 위한 공부라고 생각하기로 했다.

'최대한 부드럽게 풀어서 이야기해봐야겠군.'

아벨은 책을 받아들고 소파에 앉았다.

"자, 다들 모여 봐."

아벨 옆에 유이가 앉았고 다른 아이들도 모여들었다.

그는 책을 펼치고 최대한 알기 쉬운 단어로 바꾸며 천천히 내용을 읽기 시작했다.

——.

알베르트 프레이저.

그 이름은 역사상에 이름을 떨친 다른 영웅들과 달리 전승, 역사서, 기록뿐만 아니라 교과서에서조차 다루지 않았다.

그의 이름을 아는 자는 대부분 그쪽 방면의 전문가들뿐이었기 때문이다.

어딘가의 역사 마니아인 호사가가 집필한 듯한 이런 희귀본이 아니라면 일반인은 알 기회조차 없었으리라.

그는 역사의 어둠속에 묻힌 채 잊힌 『알려지지 않은 영웅』이었기 때문이다.

아무튼 그를 아는 자들은 반드시 그를 거짓된 영웅이라 불렀다.

어째서일까.

그건 그가 영웅으로서 걸어온 행적이, 행실이 너무나도 비정하고 잔혹했기 때문이다.

결과만 놓고 본다면 확실히 그는 많은 이를 구해낸 구세주였다.

하지만 그 이면에는 수많은 무고한 희생자들도 존재했다.

냉혹 무비, 숫자의 신봉자.

그를 형용하기에 이보다 적합한 표현은 없으리라.

—아홉을 구하기 위해 하나를 포기한다.

그것이야말로 알베르트 프레이저가 평생토록 바꾸지 않은 신념이었다.

하지만 그 신념이 그의 진실된 소망에서 비롯된 것이었다면, 더욱 많은 사람을 구하기 위한 마음에서 비롯된 것이었다면 그나마 문제될 건 없었으리라.

하지만 아니었다.

그는 복수귀였다.

평생을 분노와 절망과 증오에 사로잡혀 있었다.

그는 유소년기에 가족을 몰살한 원수를 쫓기 위해 긴 싸움에 발을 들였다.

그가 『아홉을 구하기 위해 하나를 포기한다』는 방식으로 사람들을 구한 것은, 어디까지나 그 방식이 원수에게 도달하기 위한 가장 효율적인 수단이기 때문이었다. 그에게 인간의 구제는 목적이 아니라 수단에 불과했다.

그래서 복수를 위해 원수를 쫓은 그는 수많은 싸움을 거치며, 수많은 이를 구하고, 수많은 이를 살해했다.

국가가 나서서 그의 존재를 은폐할 수밖에 없었을 정도로 비정한 방식으로 수많은 이를 구하고, 수많은 이를 살해했다.

오로지 복수만을 위해 그 처참한 행보를 멈추지 않았다.

당연히 모두가 그를 두려워하며 기피했고 아무도 그를 이해해주지 않았다.

그가 구해준 이들조차 겁을 먹고 경원시했다.

그럼에도 그는 결코 걸음을 멈추지 않았고, 결국 유일하게 마음을 터놓았던 친구가 뒤에서 쏜 총알을 맞고 그 피로 물든 인생에 싱거운 막을 내리게 되었다.

그 비정함 탓에 모두가 그가 이루어낸 위업은 잊고 악행
만 마음에 새겼으며—.

기피해야할 자로서 모든 기록에서는 이름이 말소되었고—.

결국 원수에게 도달하지도 못한 채, 비원을 이루지 못한
채—.

홀로 고독한 황야에서 그 한 많은 생애를 마치고 말았다.

아무도 꽃 한 송이 바칠 수 없는 쓸쓸한 황야에서 그저
외로이…….

―――.

"……이걸로 거짓된 영웅 알베르트 프레이저의 이야기는
끝…… 아, 으아."

책을 덮고 고개를 든 아벨이 본 것은 완전히 장례식 분위
기에 휩싸인 아이들의 모습이었다.

저마다 어두운 표정으로 넋을 잃고 있었다.

유이에 이르러서는 눈물을 글썽이며 코를 훌쩍이기까지
했다.

아벨은 나름대로 부드럽게 완화해서 읽어주려고 했던 것
이었지만 아직 어린아이들에게는 꽤 충격적인 내용이었던
모양이다.

하긴, 무리도 아니리라. 이 또래의 소년소녀들이 영웅이라

는 키워드를 듣고 가장 먼저 떠올리는 건 분명 화려하고 멋진 모험담이었을 테니까.

'이, 이게 차라리 『검의 공주 엘리에테』의 이야기였다면……! 역시 억지로라도 책을 바꿀 걸 그랬나?'

이미 소 잃고 외양간 고치기였다.

아벨이 한숨을 내쉬며 이 분위기를 어떻게 수습해야 할지 고민한 순간―.

"저기, 아벨 오빠……."

유이가 조심스럽게 말을 걸었다.

"왜? 유이."

"그게…… 알베르트는…… 왜 그렇게까지 복수를 하려고 한 거야? 알베르트는 결국 대체 뭘 하고 싶었던 거야?"

"글쎄. 그건 나도 잘 모르겠어."

아벨은 복잡한 표정으로 고개를 흔들었다.

"그만큼 가족을 깊이 사랑했던 걸지도 몰라. 오히려 이성을 잃고 복수 외엔 아무것도 떠올리지 못하게 된 걸지도 몰라. 하지만 아무리 우리가 추측해봤자 결국 이 책에 나오는 대로 아무도 그를 이해할 수 없었고…… 어쩌면 본인도 자신이 왜 그러는지 이해하지 못했던 걸지도 몰라. ……죽은 사람은 말이 없는 법이니, 진상은 어둠 속에 묻힌 거겠지."

"그…… 알베르트의 단 하나뿐인 친구도?"

"글쎄, 그 친구는 어땠을까? 이해했기에 그를 구해주려고 막았던 걸까? 아니면 역시 이해하지 못해서, 알베르트가 두려워서 그의 행보를 멈추려고 했던 걸까? 나는 어느 쪽에도 일리가 있다고 봐."

"그, 그런…… 그런 건…… 너무해."

감수성이 강한 나이여선지 유이의 눈가에서 한 줄기 눈물이 뺨을 타고 흘러내렸다.

"맞아. 알베르트 프레이저의 인생은…… 너무나도 비참했지."

아벨은 유이의 머리를 쓰다듬어주었다.

그러자 유이가 갑자기 아벨의 팔을 잡고 매달렸다.

마치 어딘가로 떠나려 하는 그를 이곳에 붙들어두려는 것처럼…….

"……왜 그래, 유이?"

"저기…… 아벨 오빠는…… 영웅이 되는 거지?"

"……!"

아벨은 눈을 약간 크게 뜨고 이어지는 말을 기다렸다.

"파울로 아빠가 그랬어. ……아벨 오빠는 언젠가 『영웅』이 될지도 모르는 굉장한 사람이라고. ……점점 강해지고 있다고."

"……."

"아벨 오빠도…… 너무 강해져서…… 언젠가 영웅이 돼서…… 알베르트 프레이저 같은 불쌍한 영웅이 돼버리는 거야?"

유이도 아벨이 불행한 사고로 부모를 잃었다는 건 알고 있었다.

그래서 이야기 속의 알베르트 프레이저와 그를 겹쳐본 게 아니었을까.

아벨은 얼굴이 파랗게 질려서 진심으로 불안해하며 걱정하는 유이의 머리를 쓰다듬고 온화하게 웃어주었다.

"걱정하지 마. 난 절대로 알베르트 프레이저처럼 되지 않을 테니까."

"정말······?"

"응, 정말이야. 음, 뭐, 내가 영웅이 될 수 있을지는 모르겠지만······."

아벨은 쑥스러운 듯 헛기침을 한 번 하고 다시 입을 열었다.

"으흠, 확실히 알베르트의 생애는 비극적이었어. 더할 나위 없이 비참했지. 하지만······ 그건 어쩔 수 없는 결과였어. 알베르트는 한 가지 치명적인 오류를 저질렀거든."

"······오류?"

"응. 『복수는 아무것도 낳지 않는다』. ······그런 간단하고 당연한 일을 알베르트는 마지막 순간까지 이해하지 못했던 거야."

아벨은 눈을 깜짝이는 유이에게 말했다.

"그리고······ 결국 그에게는 진정한 이해자가 없었던 거야. 마음속으로는 그 친구조차 신용하지 않았지. 자기 혼자서 모든 걸 짊어지려고 했어. 이러니 그런 비극적인 최후를 맞이할 수밖에 없었던 거겠지. 자업자득이야."

"아벨 오빠는 괜찮아……?"

"괜찮아."

아벨은 유이를 안심시키려는 듯 가슴을 펴고 대답했다.

"확실히 나도 알베르트처럼 옛날에 소중한 가족을 잃었어. 하지만…… 지금 이렇게 강해지려는 건 누나와 너희들…… 모두를 지켜주고 싶어서야. 결코 복수 때문이 아니라."

"……"

"그리고 난 속으로는 친구조차 신용하지 않았던 알베르트와 달리 혼자가 아니야. 나한테는 유이와 누나, 파울로 사부님…… 그리고 모두가 있으니까."

아벨은 주위의 아이들을 순서대로 돌아보며 힘차게 말했다.

"모두가 있는 한, 난 결코 잘못된 길을 걷지 않아. 걱정하지 마. 난 절대로 알베르트처럼 되지 않을 테니까."

그러자 유이는 그제야 안도한 듯 눈물을 훔치고 웃었다.

"정말로 진짜……?"

"응, 진짜야. 약속할게."

"그럼 오빠는 모두가 감사하는 진짜 영웅이 되는 거지?!"

"으, 으음~? 내가 영웅……? 그건 무리일 것 같은데……."

"저기, 있잖아! 만약 오빠가 영웅이 되면 유이를 신부로 삼아줘!"

쓴웃음을 짓는 아벨의 팔에 유이가 덥석 매달린 순간―.

"아앗! 치사해, 유이~! 리타도 아벨 오빠의 신부가 되고 싶은데!"

"아앙~ 루체도~!"

리타, 루체, 아일린, 루루…… 다른 여자애들도 잇따라 아벨의 몸에 매달렸다.

"얘, 얘들아?"

"저기, 아벨 형! 그보다 정의의 마법사 놀이나 하자! 난 정의의 마법사고, 아벨 형은 마왕 해!"

"잠깐, 기다려! 크라이브! 정의의 마법사는 내가 할 거야!"

"아니야! 오늘이야말로 내 차례라구!"

그러자 크라이브, 딘, 맥스, 로이…… 남자애들도 가세했다.

"으, 으앗! 얘들아, 좀 진정……아아아아앗~!"

아이들 특유의 대체 어디서 솟는 건지 알 수 없는 압도적인 힘 앞에서 아벨이 속수무책으로 시달린 그때였다.

"어머나, 인기가 넘치네. 아벨."

쟁반에 티 세트와 과자를 담은 아리아가 나타났다.

"그 신부 후보에…… 나도 입후보해도 될까?"

"노, 놀리지 마. 누나."

"후훗, 미안."

그러자 아리아는 즐겁게 웃은 뒤 테이블 위에 티 세트를 내려놓았다.

"자, 얘들아. 아벨 형은 그만 놔주렴. 식후 디저트 타임이야."

""""와아~ 케이크다~!""""

아이들의 관심은 완전히 테이블 위의 케이크로 바뀌었다.

그 타산적인 모습에 아벨은 쓴웃음밖에 나오지 않았다.

"어머, 차여버렸네? 아벨."

"아하하, 그야 누나가 만든 케이크가 상대라면 내가 불리할 수밖에 없잖아? 그리고 이렇게 말하는 나도 단 것, 특히 누나가 만든 과자는 정말 좋아하는걸."

"후훗. 지금 차 가져올게. 너도 푹 쉬고 있으렴."

"고마워, 누나."

이렇게 아벨과 아리아와 아이들의 따스한 밤은 천천히 지나갔다.

―교회에는 『참회실』이라 부르는 공간이 있다.

두 개의 나무로 된 작은 공간이 이어졌고, 양쪽에는 따로 출입문이 있어서 그걸 닫아버리면 안의 사람이 밖에서는 보이지 않는 구조였다.

두 방 사이의 벽에는 작은 창문이 달려 있어서 각 방에 들어온 사람끼리 대화를 나눌 수 있었다. 실내에는 방음처리도 되어 있어서 목사가 비밀리에 상담자의 참회를 듣고 상담을 받기에는 안성맞춤인 공간이었다.

그런 참회실 안에는 현재 두 명의 인물이 들어와 있었다.

한 쪽은 이 교회의 관리자이자 사제인 파울로 세인즈 목사.

그리고 다른 한 쪽은 무척 기묘한 모습의 인물이었다.

민족적인 문양이 자수된 펑퍼짐한 로브를 걸친 중년 신사였다.

눈까지 덮은 후드와 검은 머리카락 때문에 정확한 용모는 알 수 없었지만, 그 행동거지 하나하나에서 자연스럽게 우러나오는 기품만 봐도 이 사내가 사회적으로 상당히 신분이 높은 귀족이라는 걸 대충 알 수 있었다.

"허허…… 그건 그렇고 이렇게 당신을 직접 뵙는 게 대체 몇 년만일까요? 아이작 르 바티스 남작님……."

파울로는 벽 너머에 있는 신사, 아이작에게 말을 걸었다.

"하하하, 아이작이라……. 꽤 그리운 이름이네."

그러자 신사는 재밌다는 듯 입가를 일그러트렸다.

"내가 **이렇게 된** 후에 **그렇게** 불리는 건 정말 오랜만이야, 파울로. 그리고 지금의 난 사회적으로 죽은 인간. 영지와 작위를 가진 귀족도 아니니 말이지. 위화감이 굉장해."

"흠, 그러셨습니까. ……그렇다면 역시 이렇게 불러드리는 편이 나을까요?"

파울로는 약간 사이를 둔 후 분명한 목소리로 말했다.

"……**대도사님.**"

그러자 신사, 아이작은 쓴웃음을 짓고 자연스럽게 대답했다.

"마음대로 해."

그러자 파울로는 창문 너머에서 정중하게 말했다.

"그럼 대도사님…… 오늘은 대체 어쩐 일로 절 찾아오신 건지요."

"일단 슬슬 **나**에게 한계가 오고 있다는 걸 너한테 알려줄
까 해서."

"허, 《계혼법(繼魂法)》의 내구 한계가 이번에도 온 모양이
로군요."

"응. 아직 시간에 여유는 있지만…… 앞으로 2, 3년 정도
겠지. 뭐, 어쩔 수 없어. 아무튼 저번 계혼을 한 지 벌써 수
십 년이나 지났으니까."

"다음 계혼자로 짚이는 인물은 있으십니까?"

"그건 걱정 없어. 다음번 『나』는 확실히 찾아뒀으니까."

"허허허, 그건 다행이로군요."

아이작은 온화하게 웃는 파울로에게 말했다.

"후보는 어느 마술 명가의 당주인데…… 덤으로 그는 『멜
갈리우스의 천공성』에 범상치 않은 관심과 집착을 가지고
있더군. 마술 재능도 대단해."

"옳거니…… 조건은 완벽하다는 거군요."

파울로는 고개를 한 번 갸웃거린 후 뒷말을 이었다.

"하오나…… 겨우 그 말씀을 하시려고 일부러 이 먼 변경
까지 오신 건…… 아니겠지요?"

"당연하지. 파울로…… 너에게 새로운 사명을 내려주려고
온 거야."

아이작은 대답했다.

"당장 이웃나라…… 레자리아 왕국으로 가줘. 그곳의 성 엘리사레스 교황청의 추기경 자리를 하나 마련해뒀으니까. ……여기까지 말하면…… 알겠지?"

파울로는 그제야 모든 사정을 깨달았다.

"……옳거니. 드디어 움직이기 시작한 거군요. ……당신께 서 수천 년에 걸쳐서 이 세상에 깔아둔 이야기의 복선…… 그것들을 회수하는 날, 종막을 향해."

그러자 아이작은 조용히 고개를 끄덕였다.

"하지만 갑작스러운 명령이라 좀 미안하긴 하네. 넌 이 땅 에서 그 연구를 하고 있었지? 그걸 사명을 위해 포기하게 하는 건 역시 같은 마술사로선 조금……."

"안심해주십시오. 제 연구는 이미 완성됐습니다. 예…… 제 예상을 뛰어넘은 성과였지요. 그러니 아무런 미련도 없 이 사명을 받아들일 수 있습니다."

파울로의 대답에 아이작은 뜻밖이라는 듯 어깨를 흔들었다.

"흐음? 이미 완성됐다고? 별일이네? 왜 그걸 실행하지 않 고 지금까지 이런 변경의 촌동네에 머물고 있었던 거야?"

"하하하, 실은 한 명 더 흥미 깊은 인재를 발견해서…… 뭐, 한때의 유흥거리입니다. 원하신다면 오늘 밤에라도 당장 의식을 실행하고 다음 임무에 착수하겠습니다."

"그런가. 네가 그렇게까지 말한다면 나로선 더 할 말이 없군."

그러자 아이작은 이제 용건이 끝났다는 듯 자리에서 일어섰다.

"그럼 다음 임무를 부탁하지, 파울로."

"예, 전부 저에게 맡겨주시길.『하늘이신 지혜에 영광 있기를』. ……그럼 다음에 뵙겠습니다. ……대도사님."

공손하게 인사한 파울로가 슬쩍 창문 너머를 들여다보았지만 이미 그곳에는 아무도 없었다.

…………

—그날 밤, 산천초목이 잠든 새벽 2시 정각.

사악한 존재를 물리치는 전천(戰天)의 가호가 가장 약해지는 제3의 신월(新月).

이때 아벨이 잠에서 깬 건 어떤 예감을 느꼈다고밖에 형용할 말이 없으리라.

"……?"

어지간히 깊이 잠들었던 건지 아벨은 마치 안개가 낀 것 같은 몽롱한 의식 속에서 간신히 책상에 엎드려 있던 상체를 일으켰다.

아무래도 공부하다가 깜빡 잠들었던 모양이다. 책상 위에는 주문서와 마술식을 베껴 쓴 양피지와 잉크병과 깃털 펜이 그대로 놓여 있었다.

조명으로 썼던 촛불은 이미 거의 다 타서 질척한 어둠을 미약하게나마 밝히고 있었다.

주위를 둘러보자 이곳은 교회에 있는 자신의 방이었다. 나무로 된 책상, 침대, 마술과 신학 관련 서적이 꽂힌 책장 말고는 아무것도 없는 비좁고 살풍경한 방이었다.

이렇다 할 변화 없는 익숙한 광경이었을 터.

하지만 지금은 다르게 보였다.

공기가 이질적인 것으로 변모해 있었다.

마치 이 교회 전체가 거대하고 절망적인 요마의 뱃속에 삼켜진 것 같은 생리적, 본능적인 공포가 맹독처럼 어둠에서 스며 나오고 있었다.

이곳은 마계. 아벨의 영혼이 절망의 사지(死地)라고 직감한 순간—.

두근.

심장이 비명을 지르는 동시에 몽롱했던 의식이 완전히 각성했다.

"……누나? ……아이들은?"

왜 가장 먼저 이 말이 나온 것일까.

확신은 없었다. 거의 직감이었다.

신변에 닥친 농후한 죽음을 기피하려는 본능과 등골이 얼어붙을 것 같은 절망을 예감한 아벨은 촛대를 손에 들고 방을 나왔다.

"······대체 뭐가 어떻게 된 거야!"

두근, 두근, 두근.

이제 아벨의 심장은 마치 터질 것처럼 세차게 뛰고 있었다.

온 몸을 엄습하는 오한은 마치 한겨울의 북해에서 수영이라도 하는 것처럼 차가웠다.

목구멍에서 새어나온 거친 숨소리가 교회의 복도에 싸늘하게 메아리쳤다.

"애들은······ 누나는······ 사부님은 대체 어디에······?"

아이들이 자고 있을 큰 방에는 아무도 없었다.

아리아의 침실도 텅 비어 있었다.

그리고 당연한 것처럼 파울로도 방에 없었다.

새카만 교회 안에는 자신 혼자뿐.

아벨은 미약한 촛불에 의지한 채 모두를 찾기 위해 교회 안을 마치 유령처럼 배회했다.

교회의 거주 구역은 물론이고 예배당, 그 주위를 감싸는 주보랑(周步廊), 수랑(袖廊), 신랑(身廊), 측랑(側廊), 종루탑, 전실(前室), 앞마당, 뒷마당까지 샅샅이 뒤지고 다녔다.

하지만 결국 아무도 찾지 못했고 어떤 절망적인 예감만이 기하급수적으로 강해져서 아벨의 영혼에 경고했다.

'뭐야······ 대체 뭐지? 불길한 예감이 들어. 어서 모두를 찾지 않으면······ 돌이킬 수 없는 상황이 벌어질 것 같은 기분이 들어. 5년 전의 그때처럼······!'

교회 부지 안을 한차례 살핀 아벨은 예배당으로 돌아왔다.

"다들…… 어디로 간 거지? 이런 한밤중에……."

그때였다.

예배장의 제단을 올려다본 아벨은 눈치챘다. 눈치채고 말았다.

이 위치에서 보이는 제단의 십자가와 안쪽의 스테인드글라스가 포개진 모습이 평소와 달랐다. 십자가가 왼쪽으로 살짝 어긋나 있었다.

그래서 반사적으로 제단 밑을 본 순간—.

"……!"

제단이 약간 왼쪽으로 밀려나 있었다. 바닥에는 제단을 움직인 흔적이 있었다.

아벨은 충동적으로 그 무거운 제단을 옆에서 밀었다.

"앗……?!"

그러자 제단 밑에는 지하로 연결되는 계단이 있었다.

"지하실……? 이 교회에 이런 곳이 있었다고……?"

지금까지 전혀 몰랐다. 파울로에게는 한 마디도 들은 적이 없었다.

"…………."

—가지 마라. 못 본 척 해. 등을 돌리고 전부 잊어버려.

어째선지 본능은 그렇게 경고하고 있었다.

하지만 아벨은 마치 뭔가에 씐 것처럼 계단을 내려가기 시작했다.

뚜벅, 뚜벅, 뚜벅.

계단을 내려가는 차가운 발소리.

두근, 두근, 두근.

한걸음 내디딜 때마다 강해지는 심장의 고동.

한층 더 가빠진 호흡. 일그러지는 시야. 망가진 방향감각. 멀어져가는 소리. 고막이 찢어질 것처럼 심한 이명. 당장에라도 멈추고 싶은 시끄러운 심장 소리.

온 몸에서 식은땀이 폭포수처럼 흘렀지만 아벨은 하염없이 계속 계단을 내려갔다.

그리고……

이윽고 마치 땅 밑바닥까지 내려온 것 같은 착각과 동시에 계단이 사라지고 무거운 철문이 눈앞에 나타났다.

"…………."

아벨은 자신의 몸에 흐르는 피의 소리를 들으며 잠시 그 문을 바라보았다.

그리고 뭔가를 결심한 듯 문에 손을 댔다.

……잠기지 않았다.

식은땀을 훔쳐내고 크게 심호흡을 한 아벨은 그 철문을 천천히 밀었다.

그러자 마찰음과 동시에 문이 열렸다.

문 너머에는 끔찍할 정도로 천장이 높은 광대한 지하실이 펼쳐져 있었다.

거기서 아벨이 목격한 것은—.

"……아."

바닥에 그려진 불길한 조형의 마술법진에는 구역질이 치밀 정도로 사악한 어둠의 마력이 순환하면서 기능을 집행하고 있었다.

그 법진의 영점(零點) 끝에 서 있는 것은 아홉 개의 역십자가.

—세상에 이보다 잔혹하고 끔찍한 광경이 존재할 수 있으랴.

그 역십자가에 못 박혀 있는 것은 아홉 명의 소년소녀—아벨의 사랑스러운 동생들이었다.

두꺼운 못이 박힌 아이들의 팔다리에서 바닥으로 흐르는 피가 마치 생물처럼 꿈틀거리며 마술법진에 흡수되고 있었다.

그리고 지하실의 네 귀퉁이에는 신원을 알 수 없는 백골들이 산더미처럼 쌓여 있었다.

"으아아아아아아아아아아아아아아아아아악!"

그 너무나도 모독적이고 끔찍하고 잔혹하고 무자비한 광경에 아벨의 정신이 비명을 지르며 무너지기 시작했다.

"아벨!"

하지만 아리아의 비통한 절규가 그런 아벨의 마음을 현실에 붙들어놓았다.

"아리아 누나?!"

검은 웨딩드레스와 면사포를 걸친 아리아는 마술법진의 한 가운데에서 마치 기도를 올리는 것처럼 무릎을 꿇고 있었다.

아무래도 저주가 걸린 못들이 검은 드레스의 옷자락을 바닥에 마술적으로 고정하고 있어서 움직일 수 없는 상태인 것 같았다.

"누, 누나?! 대체 무슨 일이 있었던 거야!"

"오면 안 돼, 아벨! 너도 나한테 『흡수』당하고 말아!"

아리아가 날카롭게 제지하자 달려오던 아벨이 그 자리에서 정지했다.

"난 어떻게 되든 상관없어! 그보다…… 아이들을! 다들 아직 살아 있으니까……!"

아리아의 필사적인 지적에 아벨은 그제야 주위를 살펴보았다.

동요하느라 눈치채지 못했다. 확실히 그녀의 말대로 아이들은 아직 미약하게나마 숨을 쉬고 있었다. 빨리 적절한 힐러 스펠로 치료하면 살 수 있을 터.

"잘 들어, 아벨! 지금 난 내 의지와 관계없이 저 아이들의 영혼을 흡수하고 있어!"

하지만 아리아의 갑작스러운 폭로에 사고가 정지하고 말았다.

"뭐……? 어, 어째서…… 그런……."

"이대로면 저 애들은 전부 죽어! 그게 끝이 아니야……. 내 안에 영혼이 갇혀서 사후의 구원조차 받을 수 없게 돼! 영원토록 고통 받게 될 거야!"

영문을 알 수가 없었다. 어째서 이런 일이 벌어진 것일까.

아벨의 정신은 도저히 현실을 받아들이지 못했다.

"어서…… 어서 저 애들을 구해줘…… 제발……!"

그리고 이어진 아리아의 말을 듣고 아벨은 자신의 세계가 완전히 무너지는 듯한 착각에 사로잡혔다.

"……**나를 죽여서!**"

"뭐……?!"

아벨은 경악했다.

이윽고 시간을 들여서 그 말을 곱씹은 후에야 그것이 의미하는 바를 이해한 순간—

"싫어!"

아벨의 입에서 튀어나온 건 마치 떼를 쓰는 어린애 같은 거절이었다.

"왜?! 어째서?! 왜 내가 누나를 죽여야 하는 건데!"

"이 의식을 멈출 방법은 이젠 그것밖에 없어! 제발 이해해 줘…….'

아리아는 악을 쓰는 아벨에게 눈물을 흘리며 애원했다.

"난 저 애들을 먹고 싶지 않아! 죽이고 싶지 않단 말야! 날 죽이면…… 나만 희생되면 저 애들은 살 수 있어! 그러니까······."

―아홉을 구하기 위해 하나를 포기한다.

즉, 아리아를 마술로 쏴 죽이면 아이들은 살 수 있다는
뜻이었다.

"싫어! 싫어! 난 싫다고오오오오!"

아벨은 히스테릭하게 절규하며 아리아와 아이들을 속박
한 마술법진으로 달려갔다.

"난 그런 알베르트 프레이저 같은 짓은 못 해! 난 누나도,
아이들도 구해낼 거야! 열을 지킬 거라고! 난 그러려고 강해
진 거니까!"

그리고 주문을 영창했다.

"《풀려라 하늘의 사슬·정적의 밑바탕·섭리의 속박은 여
기에 해방될지니》!"

흑마의(黑魔儀) 【이레이즈】.

아벨은 마력으로 해주식(解呪式)을, 저주받은 마술법진
위에 직접 그리려 했다.

파직!

하지만 법진에 닿은 순간 손가락이 튕겨나갔다.

주문의 역류 현상으로 아벨의 온 몸이 파괴되고 성대하게
피가 튀었다.

"크억?! 쿨럭! 으윽······ 뭐, 뭐야 이건······."

"아벨! 그만둬! 네 힘으론 이 마술법진을 해제할 수 없어! 너도 이젠 알잖아?! 이 법진을 만든 건……."

"좀 조용히 해! 난 이 목숨과 바꿔서라도 모두를…… 누나를……!"

아벨은 마음과 귀를 틀어막으며 저돌적으로 마술법진을 해제하려 했다.

하지만 몇 번을 해도 무리였다. 아벨의 기술로는 이 마술법진을 해제하기는커녕 술식에 접근하는 것조차 불가능했다.

사실 현재 그의 기량이라면 어지간한 주문은 해제할 수 있었다. 그 분야의 전문 해주사로 활동해도 충분히 통할 실력이었다.

하지만 이 저주받은 마술법진은 차원이 달랐다.

너무나도 격이 달랐다. 아벨과 이 마술법진을 만든 술자의 실력은 목숨을 건 노력과 근성 정도로는 뒤집을 수 없었다.

"아아아아아아아아아악!"

"제발 그만해! 아벨! 그러다 너까지 죽어! 제발……."

그러다 보니 아벨은 주문을 해제하려고 할 때마다 온 몸에서 피를 뿜으며 튕겨 날아갔다. 그때마다 아리아가 비통하게 절규했다.

아벨은 피투성이가 된 상태로도 포기하지 않았다. 자신이 아는 모든 지식과 기술을 동원해서 법진을 해제하려 했다.

하지만 그 시도들은 모조리 실패로 끝났다.

그리고 아이들의 피와 영혼은 그 사이에도 계속 아리아에게 빨려 들어가고 있었다.

　"부탁이야! 아벨! 나를…… 아이들을……!"

　"싫다고 했잖아아아아아아아아아아아아아아!"

　—그리고.

　"아……."

　이윽고 아벨은 넋을 잃은 표정으로 힘없이 무릎을 꿇고 말았다.

　"흑…… 히끅…… 흐흑…… 아벨……."

　마술법진 한가운데에서 아리아의 흐느끼는 소리가 공허하게 울려 퍼졌다.

　아벨은 생기를 잃은 표정으로 힘없이 주위를 돌아보았다.

　역십자가에 못 박힌 아이들은…… 이미 미라처럼 삐쩍 말라서 죽어 있었다.

　유이도, 리타도, 루체도, 아일린도, 루루도, 크라이브도, 딘도, 맥스도, 로이도 더는 두 번 다시 움직이지 않으리라. 움직일 리 없었다. 차가운 시신이 되었으므로…….

　인간의 최후로서는 너무나도 비참하고 구제할 도리가 없는 죽음. 말로.

　그런 아이들의 생명은, 영혼은 완전히 아리아에게 흡수되고 말았다.

"……어째서? 어째서…… 이런 일이 일어난 거지……?"

아벨은 바닥에 양손을 짚었다.

"나, 나는…… 난 그저…… 모두를……."

현기증과 구역질이 치밀 정도로 깊은 절망에 사로잡힌 그때였다.

뚜벅.

지하실 입구 근처에서 작은 발소리가 들렸다.

"그러게 제가 말했잖습니까, 아벨. 현실에는 **그런 선택**을 할 수밖에 없는 순간이 있기 마련이라고…… 말입니다."

더 큰 절망이 아벨의 눈앞에 나타났다.

머리로는 알고 있었다.

이 변경에서 이런 일이 가능한 인물은 단 한 명밖에 없으므로…….

하지만 부정하고 싶었다. 눈을 감고 귀를 틀어막은 채 헛된 희망을 지키고 싶었다.

하지만 현실은 한없이 잔혹했다.

"아직 어수룩하군요. 좀 더 마음을 굳게 먹지 않으면 아무도 구할 수 없을 겁니다."

"파울로오오오오오오오오오오!"

마치 피를 토하는 듯한 심정으로 일어난 아벨은 뒤에서 다가온 인물, 파울로를 향해 절규했다.

하지만 파울로는 뒷짐을 진 채 평소와 다름없는 온화한 미소로 당당하게 서 있었다.

"파울로 사부! 이게 대체 뭐죠?! 왜 누나에게…… 아이들에게 이런 짓을 한 겁니까! 대체 왜!"

"진정하십시오. 그리고 마음을 가라앉히고 보십시오. 자…… 《장희(葬姬)》가 탄생하는 순간입니다."

파울로가 아벨의 말을 완전히 무시하고 그렇게 말하자 뒤에서 날카로운 비명이 들렸다.

아리아였다.

아벨이 반사적으로 뒤를 돌아보자 검은 웨딩드레스를 입은 아리아의 온 몸에서 혈문자(血文字)가 새빨갛게 타오르고 있었다.

"아아아악! 싫어! 뜨거워! 괴, 괴로…… 아아아아아아악!"

그럼에도 아리아는 누군가에게 기도를 바치는 듯한 자세에서 한 치도 움직이지 못하고 그저 고통스러운 비명을 지를 수밖에 없었다.

"누, 누나?! 무슨 일이야!"

"도, 도와……도와줘, 아벨. 내가……내가 **변하고 있어**! 내가 사라지고, 내가 아닌 다른 뭔가로 변하려고 해……! 아아아아아아아아아아아악!"

아무것도 할 수 없는 아벨 앞에서 아리아의 변질은 무시무시한 기세로 진행되었다.

온 몸에서 폭발적으로 분출되는 검붉은 색의 사악한 마력. 진홍색으로 변모한 눈동자. 피처럼 검붉게 변하는 긴 머리카락.

머리 양옆에서 그 머리카락을 헤치고 솟은 흉물스러운 뿔.

등에서 기괴한 소리를 내며 튀어나온 검은 편익(片翼). 온 몸을 뒤덮은 붉은 문양.

이 자리에서 한없이 고조된 마력이 이윽고 막대한 압력으로 대기를 포화하고 임계점을 넘은 순간, 작렬. 폭발했다.

휘몰아치는 마력 폭풍이 법진과 십자가, 그리고 그 십자가에 매달린 아이들의 시신을 산산이 파괴하며 날려버렸다.

"아……아아……."

오갈 데 없는 지하실 안을 마치 세상의 종말이 찾아온 듯한 거센 바람이 쓸어버린 후, 그 폭풍 속에서 흩날리는 수많은 검은 깃털을 가르며 한 소녀가 모습을 드러냈다.

요염한 검은 웨딩드레스를 입은 그 여자의 기척은, 영혼은, 본질은, 육체는 완전히 변모했지만 그 얼굴만은 틀림없는 아리아였다.

그리고 이 순간 아벨은 자신이 아리아라는 존재를 영원히 상실했다는 것을 깨달았다.

"육마왕의 일인《장희》알리샤르……."

파울로는 마치 비장의 와인을 자랑하는 듯한 목소리로 말했다.

"예, 알리샤르입니다. 그 최강의 악마, 《흑검의 마왕》 메이베스와 필적한다고 일컬어지는 제8원의 지배자 《장희》…… 그것이 바로 그녀의 정체였던 겁니다."

"그게…… 무슨 뜻이지?"

"그렇다고는 해도 아리아는 알리샤르의 분령(分靈)…… 알리샤르라는 강대한 개념존재의 극히 일부에 불과했습니다. 하지만 설령 분령이라고 해도……."

"무슨 뜻이냐고 묻잖아! 대답해, 파울로!"

아벨이 세차게 추궁하자 파울로는 고개를 갸웃거렸다.

"이거 참…… 아벨. 당신은 총명한 아이라고 생각했습니다만, 의외로 둔하군요. 아직도 깨닫지 못한 겁니까? 그녀를 《장희》 알리샤르로 각성시키는 것. ……제 가장 큰 목적은 처음부터 그거였습니다."

"뭐……?"

"아리아는 그 영혼 일부에 알리샤르의 분령…… 뭐, 영혼의 한 조각이라고 할까요. 아무튼 그걸 지니고 있었습니다. 그렇다고는 해도 그건 그녀의 마음속에 숨겨진 일면 같은 것이라…… 평범하게 산다면 평생 알아차리지 못했을 겁니다. 하지만 그걸 각성시킬 수만 있다면 대악마로서의 일면이 그녀의 모든 것을 덧칠하고 지배해서 현실에 수육한 알리샤르로 강림할 수 있게 되는 거지요."

"누나가…… 알리샤르의 분령을?"

《장희》알리샤르. 신학을 조금이라도 배운 자라면 누구나 아는 이름이다.

엘리사레스 성서에 포함된 성전과 구약 신담록에서 일컬어지는 『불꽃의 7일간』. 인간과 천사와 악마의 최종전쟁에서 붉은색과 푸른색의 쌍마창을 휘두르며 단독으로 일만의 천사 군단을 매장했다고 전해지는, 파괴와 투쟁을 주관하는 수라의 대악마였다.

"아무튼 분령이라 해도 육마왕…… 악마 소환사로서 육마왕의 일인을 거느린다는 건 더할 나위 없는 영광이 아니겠습니까?"

"아, 악마 소환사……? 당신이……?"

아벨은 아연실색한 목소리로 중얼거렸다.

"그렇습니다. 어째서 《장희》알리샤르의 분령이 그녀의 안에 있었던 건지는 모릅니다. 뭐, 넓은 세상과 긴 역사 속에서는 가끔 이런 일이 있곤 했지요. 그리고 아리아라는 존재는 제가 알리샤르를 하인으로 삼을 수 있는 절호의 기회였습니다."

그런 아벨 앞에서 파울로는 온화하고 다정한 목소리로 말했다.

마치 모자란 제자를 가르치는 것처럼…….

"하지만 분령이라 해도 마왕급 대악마를 각성시키려면 어마어마한 수의 산제물, 혹은 그만한 계기가 필요합니다. 일반적인 수단에 의지한다면 도시 한두 개쯤 희생해도 한참 부족할 정도로요. 이건 그다지 현실적인 방법이라 볼 수 없습니다. 하지만 지금부터 이야기하는 건 제 악마 소환사로서의 오랜 연구 성과. 【적합자】라 불리는 개념존재의 촉매가 되는 일종의 특수한 마술특성을 보유한 순진무구한 영혼…… 그것도 알리샤르에게 특히 적합한 영혼을 사용하면 각성에 필요한 산제물의 수를 크게 줄일 수 있는 겁니다. 뭐, 【어뎁터】를 아홉 명이나 모으느라 참 고생했지만 말입니다. 아무튼 무척 희소한 특성이다 보니……."

"아……."

아벨은 뒤통수를 세게 맞은 듯한 충격을 받았다.

"사부님…… 설마…… 당신……당신은……!"

한 가지 두려운 진실을 깨달았기 때문이다.

믿고 싶지 않았다. 믿을 수 없었다. 하지만 이 모든 상황이 그 추측을 사실이라 증명하고 있었다.

"즉, 당신은…… 《장희》 알리샤르를 하인으로 삼으려고…… 아리아 누나를……! 그 아홉 아이들을 이 교회에 모은 거라는 말입니까?!"

그러자 파울로는 의아한 얼굴로 고개를 갸웃거린 후 미소 짓고 대답했다.

"……흐음? 그것 말고 무슨 이유가 있다는 겁니까?"

"……."

이것이―.

이 진흙탕보다도 깊고 어두운 사악한 존재가. 쓰레기 이하의 귀축이. 외도(外道)가―.

그 성인군자 같은 파울로의 본성이었다고?

그렇다면 자신의 눈은 완전히 장식에 불과했다는 뜻이리라.

"아아아아아아아아아아아아아아아아아아아악!"

파울로에 대한 분노가, 자신에 대한 분노가 지옥의 업화처럼 타오르며 온 몸을 불살랐다.

이렇게 된 이상 더 놀랄 것도 없었다. 전혀 그럴 필요도 없었다.

방금 파울로가 손을 내밀며 주위의 공간에 단숨에 그린 세 개의 육망성 법진.

그 법진에 사악한 마력이 흘러들어간 순간, 허공에 문이 열리고 마치 그를 지키려는 것처럼 소환된 세 마리의 여성형 악마.

그 악마들의 모습에 낯이 익은 건 전혀 놀라워할 만한 일이 아니었다.

그렇다. 이것들은 5년 전 아벨이 살던 마을을 습격해서 그의 부모와 마을사람들을 살해한 악마들이었다.

파울로가 그런 악마들을 마치 하인처럼 거느린 건 지극히 당연한 일이었다.

"네가…… 전부 네가…… 네가아아아아아아아!"

그가 바로 모든 일의 원흉이었기에—.

고향을 불태우고 부모를 살해한 흑막이었던 것이다.

이 모든 것은 그저 아리아를,《장희》알리샤르를 손에 넣기 위해서…….

"파울로! 넌 대체 정체가 뭐야!"

아벨이 피를 토하는 듯한 심정으로 물었지만 파울로는 태연하게 대답했다.

"저 말입니까? 전 하늘의 지혜 연구회의 제3단《천위(天位)》【신전의 수령】, 파웰 퓌네. 솔롬의 반지로 마계의 36악마장과 666개의 악마군단을 거느린, 아마 세계 최고(最古)이자 이 현세 최고(最高)의 악마 소환사."

"……하……하늘의 지혜 연구회?!"

"그리고 저에겐 아직 힘이 필요합니다. ……경애하는 대도사님을 위해서라도 말이지요."

"헤븐스 오더……?! 대도사……?!"

그리고 파울로는 뼈까지 재로 타버릴 듯한 분노와 증오로 몸을 떠는 아벨에게 말했다.

"기회를 한 번 드리겠습니다, 아벨."

"기회……라고?!"

"예. 실은 전 당신이 가진 마술사로서의 재능을 무척 높이 사고 있습니다. 제가 이런 가족 놀이를 하면서까지 당신에게 친아버지 같은 애정을 쏟아 부은 건 바로 그 때문이었지요. 당신이라는 보석의 원석을 극한까지 연마하기 위해서 였습니다."

"……?!"

"인간을 무엇보다 강하게 해주는 건 사랑입니다. 고문에 가까운 방식으로 억지로 훈련시켜봤자 결코 진짜가 될 수 없지요. 조직의 청소부…… 그 실패작들이 좋은 예시입니 다. 당신이라는 재능을 고작 그 정도로 끝내게 하는 건 참 으로『아까운』일이겠지요."

무슨 뜻인지는 모르겠지만 그가 뼛속까지 외도라는 건 아 주 잘 이해했다.

"실제로 당신은 제 예상대로 초일류의 마술사로 성장해가 고 있습니다. ……그러니 이건 시험입니다, 아벨."

그리고 파울로는 완전히 모습이 바뀐 아리아를 가리키며 말했다.

그녀는 아직도 마술법진 한가운데에서 기도하는 자세로 앉아 있었다.

"지금 그녀는 제 악마 제어식으로 완전히 제어된 상태입니 다만…… 주인이 될 계약자는 아직 설정되지 않았습니다. 아벨. 제가 당신에게 가르친 악마 소환술로 그녀와 계약해 서, 그녀를 당신의 계약 악마로…… 하인으로 삼으십시오."

"……?!"

"성공한다면 하늘의 지혜 연구회의 입회를 허가하겠습니

다. 당신은 제 심복으로써 숭고한 대도사님을 위해 일하는 겁니다. 지금의 당신은 도저히 이해할 수 없겠지만, 그렇게 되면 언젠가 당신도 위대한 하늘의 지혜에 도달할 수 있을 겁니다. ……자, 어서 시작하십시오."

"나 보고 누나와 계약하라고?! 웃기지 마! 애초에 난 악마 소환술 같은 사악한 외법(外法)을 배운 기억은……."

그 순간, 머릿속을 헤집는 벼락 같은 충격에 아벨은 머리를 붙잡고 비틀거렸다.

방금 파울로가 뭔가를 한 모양이다. 그 충격으로 모든 기억이 되살아났다.

아벨은 머리가 깨질 것 같은 두통을 참으며 거친 숨을 내뱉고 바닥에 무릎을 꿇었다.

"아……."

어째서 지금까지 떠올리지 못했던 것일까.

주마등처럼 머릿속을 스쳐 지나가는 수많은 영상.

아아, 그랬었다.

공허한 눈이 비추는 흑백의 세상 속에서, 안개가 낀 것 같은 의식 속에서…….

나는 파울로에게 듣는 것조차 끔찍한 외법의 지식을, 사법(邪法)의 오의를 주입받고 있었다.

"……**수업은 기억났습니까?** 아벨."

"으득!"

파울로가 온화한 목소리로 묻자 아벨은 어금니가 깨질 정도로 이를 악물었다.

그렇다. 아벨은 본인도 눈치채지 못한 사이에 파울로에게 일반적인 마술 지도와 병행해서 악마 소환술을 배우고 있었던 것이다.

다만, 그 사실을 지금 이 순간까지 인식하지 못했다. 기억이 봉인되었기 때문이다.

자신은 그저 파울로의 손바닥 위에서 놀아났던 것뿐.

"악마의 수육에는 보통 인간의 영혼이 필요합니다. 소란을 일으키기 싫어서 아직 한 번도 실행한 적은 없습니다만…… 지금의 당신이라면 악마 소환술을 자유자재로 다룰 수 있을 테지요."

"으……아…… 나, 나는……!"

아벨이 머리를 누르고 뒷걸음질 치자 파울로가 따라왔다.

"자, 아벨. 당신이라면 《장희》 알리샤르를 지배하고, 당신의 하인으로 부릴 수 있을 겁니다. 자, 어서 시작하십시오. 어서! 거부한다면…… 죽음만이 있을 뿐."

그 순간, 갑자기 파울로의 존재감이 팽창했다.

온 몸에서 분출된 사악한 마력이 절망적일 정도로 한없이 강해졌다.

파울로는 평소처럼 웃고 있을 뿐이건만 그 모습은 마치 지옥 밑바닥에 숨은 세상에서 가장 끔찍한 괴물처럼 보였다.

"아……아아아아아아! 이……런……!"

이때 아벨은 확연한 공포와 절망에 사로잡혔다.

뭐지? 파울로는 대체 정체가 뭐야?

이것이, 이 뒤틀린 힘이, 이 끔찍한 존재감이 정말로 인간이라고?

인외(人外)라기보다 세계의 틀을 벗어난 힘. **그야말로 인간이기를 그만둔 듯한**…….

파울로 옆의 세 악마도, 아벨의 뒤에 있는 아리아도 악마였다. 상대방을 짓눌러 죽일 정도로 무시무시한 존재감과 마력이 느껴졌지만 파울로에 비하면 갓난아기나 다를 바 없었다.

격차라는 표현을 떠올리는 것조차 우스웠다.

그와는 하늘과 땅은커녕 우주 끝 정도의 차이가 존재했다.

"허어, 왜 놀라는 거지요? 설마 진정한 악마 소환사인 제가 사역하는 악마들보다 약할 줄 알았습니까?"

파울로는 불길한 마력을 내뿜으면서도 한없이 온화한 미소를 짓고 있었다.

그런 파울로 앞에서 아벨의 영혼은 비명을 지르며 실시간으로 이성이 깎여나가고 있었다.

아아, 굴복하고 싶다. 무릎을 꿇고 싶다. 포기하고 싶다.

반항하지 않고 모든 것을 받아들여서 편해지고 싶다.

하지만, 그래도―.

"난 그럴 수…… 없어!"

아벨은 일어섰다. 현재의 그를 지탱하는 전부라 할 수 있
는 분노와 증오가 영혼의 등을 떠밀었다.

"파울로 사부, 당신은 날 배신했어! 우리를 배신한 거야!
용서 못 해! 용서할까 보냐! 죽인다……! 죽여 버리겠어, 파
울로오오오오오오오!"

"훌륭합니다. 하지만 어리석군요."

하지만 파울로는 세상 전부를 불태워버릴 듯한 아벨의 분
노를 가볍게 웃으며 흘려 넘겼다.

"우오오오오오오오오오오오오오오!"

아벨은 땅을 박차고 파울로를 향해 돌진했다.

동시에 파울로도 손을 휘둘렀다.

그러자 세 악마가 맹렬한 속도로 아벨을 향해 달려들었다.

"아벨. 당신은 제 하인들의 양분이 되도록 하십시오."

하늘을 찌를 듯한 거구와 두꺼운 팔이 아벨의 몸을 짓뭉
개려는 순간―.

그의 몸이 안개처럼 흩어졌다.

그 모습은 마치 땅을 질주하는 번개. 세 악마 사이의 빈
틈을 섬전처럼 주파했다.

동시에 아벨은 악마들의 몸에 손가락으로 어떤 이름을 마

력 문자로 새겨 넣었다.

"《율령 하명·귀환하라 이형의 마(魔)·있어야할 곳으로》……
《매혹의 왕의 이름하에》."

그러자 세 악마는 움직임을 멈추더니 마치 거짓말처럼 마
나의 입자로 분해돼서 사라졌다.

"맙소사! 상위 악마의 진명과 명령을 이용해 하위 악마를
마계로 송환한 겁니까!"

파울로는 경탄했다.

"그렇습니다. 그들은 매혹의 왕 베르베로스의, 『질투』, 『의
존』, 『독점』을 주관하는 세 총희…… 용케도 그 진명을 간파
했군요. 칭찬해드리겠습니다."

파울로는 송환된 악마의 잔재에는 눈길도 주지 않고 달려
오는 아벨을 자랑스러운 눈으로 바라보았다.

"제가 가르친 악마 소환술의 지식을 이토록 완벽하게 송
환술에 응용하다니…… 확실히 그런 기술은 존재하지만, 제
가 가르친 적은 없었지요. 그걸 이런 타이밍에 쓰다니, 역시
아벨. 당신의 재능은 훌륭합니다."

"《뇌창이여》!"

아벨은 달리면서 한 소절 영창으로 주문을 외쳤다.

흑마 【라이트닝 피어스】. 왼손으로 한 발, 이어서 오른손
으로도 한 발.

더블 캐스팅. 고작 열네 살의 소년이 구사하기에는 너무나

도 난이도가 높은 초절기교였다.

"허허……."

파울로는 고속으로 날아드는 날카로운 전격을 몸을 비틀어서 피한 후, 마치 그 행동을 예측한 것처럼 날아오는 두 번째 전격을 손등으로 튕겨냈다.

이것은 전부 찰나에 이루어진 일이었다.

하지만 아벨은 그 틈을 노리고 파울로의 품으로 파고들었다.

"《원초의 힘이여·내 조아(爪牙)에 깃들어라·강한 광휘를 비추어라》!"

흑마 【웨폰 인챈트】로 오른손에 고밀도 마력을 부여한 후.

"우오오오오오오오오오오오오오!"

파울로의 얼굴에 모든 운동에너지를 실은 손날 찌르기를 날렸다.

위력도, 속도도, 기회도 완벽했다.

평범한 상대였다면 머리를 날려버릴 수 있는 최고의 일격.

하지만 상대는 마인(魔人) 파울로였다.

"흠, 좋은 공격이군요."

닿기만 해도 손가락이 날아가 버릴 정도의 마력이 실린 아벨의 손을 아무렇지 않게 낚아챈 후—

"웃차."

그대로 몸을 한 바퀴 돌리며 아벨을 집어던졌다.

저항할 도리도 없이 수평으로 날아간 아벨의 등이 돌벽에

격돌했다.

"으아아아아아아아아아앗!"

돌벽이 성대하게 부서지고 몸이 바닥에 내동댕이쳐졌다. 아마 갈비뼈가 몇 개쯤 나갔으리라.

"……하지만 아직 멀었습니다."

파울로는 뒷짐을 진 채 아벨을 향해 천천히 다가왔다.

"쿨럭! 크윽……!"

그러자 아벨은 온 몸이 부서질 듯한 고통을 견디며 필사적인 표정으로 일어났다.

"《금색의 뇌수(雷獸)여·땅을 질주하라·하늘로 날아올라 춤춰라》!"

피를 토할 듯한 심정과 기백, 상대를 반드시 죽이겠노라는 각오를 담고 주문을 외쳤다.

그 순간, 전류가 아벨의 발밑을 스치며 오망성 법진을 전개했다.

주위에 떠오르는 수많은 구형 번개, 이 일대를 가득 메운 사나운 번개 폭풍이 파울로를 가차 없이 집어삼켰다.

B급 군용 마술인 흑마【플라스마 필드】.

이 젊은 나이에 단독으로 B급 군용 마술을 행사할 수 있다는 것은, 그 자체로 모든 이의 찬사를 받을 만한 위업이리라.

하지만 상대는 마인 파울로였다.

"허허허…… 역시 격상이 상대라면 공간 제압이 기본이지요. 제 가르침에 충실해서 좋습니다."

대체 어떻게 해야, 어떤 수련을 쌓아야 저런 짓이 가능한 것일까.

주문도 영창하지 않고 자신의 몸 주위에 얇은 마력장을 전개한 파울로는 파멸적인 파괴의 폭풍을 전부 흘려버리며 천천히 다가왔다.

군대조차 괴멸시킬 수 있는 대주문이 전혀 통하지 않았다.

노인의 모습을 한 절망은 그저 온화하게 미소 지은 채 걸음을 멈추지 않았다.

"으, 으아아아아아아아아아아아아아앗!"

하지만 아벨은 절망에 굴복할 수 없었다.

고함을 내지르며 파울로를 향해 왼손을 내밀고 다음 주문을 외쳤다.

"《뇌광의 전신(戰神)이여·그대의 맹렬한 분노를 떨치며·모든 것에 평등한 멸망을 내릴지어다》!"

자신이 아는 모든 오의를 구사해서 절망에 맞서려 했다.

그야말로 지옥 같은 광경이었다.

세차게 타오르는 불꽃, 사납게 날뛰는 벼락, 주변 일대를 유린하는 절대영도의 냉기.

아벨은 자신의 모든 마력을 쏟아서 주문을 외치고, 외치고, 또 외쳤다.

하지만 파울로는 제대로 된 영창도 없이 간단한 마력 조작만으로 전부 흘려버렸다. 손가락 하나로 아벨의 술식을 분해해버렸다.

너무나도 분명한 격차. 너무나도 현저한 실력차.

예전이었다면 외경심을 품었겠지만 지금은 증오와 분노만 느껴졌다.

하지만 자신의 모든 것을 모조리 불살라도 닿지 않았다. 너무나도 멀었다.

"제기랄! 누나를 돌려줘……. 누나를 원상태로 돌려놓으라고! 파울로오오오오오오!"

마술이 통하지 않는다면 근접 격투전으로.

아벨은 마술로 자신의 신체능력을 육체가 붕괴하기 직전까지 강화한 후 주먹을, 손날을, 다리를 파울로에게 마구잡이로 날렸다.

숨 쉴 틈조차 주지 않는 장렬한 연계 공격이다.

"거 참, 이상한 소리를 하는군요."

하지만 파울로는 무시무시할 정도로 세련된 기술로 전부 간단히 흘려냈다.

"당신도 알고 있을 터. 우화한 나비를 과연 번데기로 돌려놓을 수 있을까요? 분령각성이라는 건 즉, 그런 개념입니다."

천천히 원을 그리는 듯한 움직임으로 아벨의 공격을 계속 받아넘겼다.

"포기하십시오. 당신의 누이는 두 번 다시 원래대로 돌아올 수 없습니다."

그리고 마치 타이르는 것처럼 말하는 동시에 대지를 뒤흔드는 듯한 진각(震脚)을 밟고 아벨의 품속에 깊이 파고들며 가슴 정중앙에 장타를 먹였다.

"컥?!"

지금 아벨의 몸은 백마【보디 업】으로 내구력이 증폭된 상태였다.

하지만 파울로의 일격은 그런 아벨의 갈비뼈를 모조리 박살내고 그의 몸을 성대하게 날려버렸다.

아벨은 피를 토하면서 실이 끊어진 연처럼 데굴데굴 굴러갔다.

그러다 간신히 멈춘 곳은 아리아의 바로 옆이었다.

"커헉! 쿨럭! ……누, 누나!"

빈사 상태의 아벨이 외쳤지만 완전히 이형으로 변모한 아리아는 당연히 반응하지 않았다.

변함없이 기도하듯 손을 맞잡고 마치 누군가의 명령을 기다리는 것처럼 조용히 앉아있기만 할 뿐이었다.

"……제, 길……"

더는 무리였다.

꼴사납게 바닥에 엎드린 아벨에게는 이미 손가락 하나 까딱할 힘도 없었다.

반대로 파울로는 눈곱만큼도 진심을 드러내지 않은 상태였다.

아무튼 악마 소환사를 자부하는 자가 전투 도중에 단 한 마리도 새로운 악마를 소환하지 않았으니 말이다.

"……끝입니까."

파울로는 힘없이 엎드린 아벨을 향해 발소리를 내며 천천히 다가왔다.

"후우, 이런 결과가 돼서 참으로 안타깝군요. 아벨, 당신에게는 꽤 기대하고 있었습니다만…… 제 눈이 틀렸던 걸까요?"

더는 반박할 기력도 없었다.

끝이다. 자신은 이대로 이 남자에게 모든 것을 빼앗기고, 휘둘리고, 이용당하기만 한 시시한 인생에 종지부를 찍게 되리라.

"……미안……미안해……. 아리아 누나…… 유이…… 얘들아……."

아벨은 아무런 대답도 하지 않는 누나에게, 그런 누나의 안에 흡수된 아이들에게 사죄했다. 하지만 이번에도 당연히 대답은 돌아오지 않았다. 그저 침묵뿐.

'……지킨다고 했는데. 두 번 다시 그런 비참한 꼴을 당하지 않게 해주겠다고 맹세했는데…… 결국 이렇게 돼서 정말 미안해. 슬프게 해서 미안. 전부 내가 약한 탓에…….'

자신의 무력함을 후회하며 이 결말을 전부 받아들인 아벨이 눈을 감고 의식을 놓으려고 한…… 바로 그 순간—.

옆에서 누군가가 움직이는 발소리가 들렸다.

그 덕분에 아슬아슬하게 의식을 유지한 아벨이 무거운 눈 꺼풀을 들고 고개를 들자—.

"아……?!"

아리아가 서 있었다.

이형으로 변한 아리아가 마치 그를 지키려는 것처럼 등을 보인 채 서 있었던 것이다.

"누, 누나……?"

"……."

하지만 아리아는 대답하지 않았다. 공허한 눈은 완전히 자아가 없는 인형 그 자체였다.

다만, 그럼에도 그녀는 파울로에게서 아벨을 지키려는 듯 양팔을 벌린 채 비켜서지 않았다.

"허어…… 이게 어찌된 노릇일까요."

그러자 파울로가 처음으로 미소를 지우고 고개를 갸웃거렸다.

"장희 알리샤르…… 당신에게는 이미 전생자의 기억이 눈 곱만큼도 남지 않았을 터. ……애당초 현재 미계약 상태인 당신이 본인의 의지로 움직일 수 있을 리가 없건만."

"……."

역시 아리아는 아무 말도 하지 않았다.

다만, 온 몸에서 아벨만은 지키겠다는 절대적인 의지가 강렬하게 느껴졌다.

"이거 참, 오랫동안 악마 소환사로 살아왔지만 이런 경험은 처음이군요. 그런 의미로도 당신에게 접근한 보람이 있었습니다. 확실히 흥미 깊은 현상이기는 합니다만, 당신을 이대로 내버려둘 수는 없겠군요. 바로 계약 의식을 진행해 제 하인으로 삼아드리겠습니다."

파울로는 아리아를 향해 왼손을 내밀더니 뭔가 주문을 외우기 시작했다.

그러자 그 왼손 앞에 불길한 마술법진이 그려지고 시커먼 마력이 주입된 그때—

쿠웅!

대기가 흔들렸다.

"앗?!"

아리아가 움직인 것이다.

공기의 벽을 돌파한 그녀는 마치 순간이동처럼 파울로를 향해 맹렬하게 돌진했다.

손에는 붉은색과 푸른색의 쌍마창.

온 몸에 활화산 같은 폭발적인 붉은 마력을 두른 채 천사들을 학살했다는 신화 그대로의 처절한 모습으로 파울로를 향해 정면으로 짓쳐 들었다.

검은 편익이 일으킨 강렬한 충격파. 일직선으로 쪼개지며 날아가는 바닥.

아리아가 날카롭게 엑스자로 휘두른 쌍마창— 일격에 천사 군단을 괴멸시키고 이격으로 거신병을 박살냈다는 파괴의 마창이 파울로를 베어버리기 위해 가감 없이 그 위력을 발휘했다.

하지만…… 상대는 마인 파울로.

"허어."

파울로는 그 두 자루의 마창을 양손으로 붙들었고 두 인외는 무기를 사이에 둔 채 지근거리에서 대치했다.

"누, 누나……?!"

아벨은 무심코 외쳤다.

하지만 아리아는 대답하지 않았다.

그저 등으로 그를 지키겠다는 의지만 드러낼 뿐.

아리아에게서 분출된 마력과 파울로의 마력이 정면으로 충돌하며 주위에 거대한 번개 폭풍을 일으켰다.

"허허허…… 과연 《장희》 알리샤르. ……이제 막 태어난 상태라고는 하나 제법이로군요. 그래도 좀 더 강할 줄 알았습니다만…… 뭐, 그건 지나친 기대였으려나요."

이런 지옥 같은 공간 속에서도 파울로는 여유 있는 태도를 고수했다.

점점 강해진 그의 마력은 지금에 이르러서는 아리아의 마력을 완전히 집어삼키려는 기세까지 보일 정도였다.

대체 어떻게 해야 저 남자의 여유 있는 태도를 무너트릴 수 있을지 도저히 짐작도 가지 않았다.

　그저 멍하니 지켜볼 수밖에 없는 아벨 앞에서 상황은 점점 최악의 방향으로 흘러가기 시작했다.

　아벨은 영적인 시각으로 볼 수 있었다.

　비정상적으로 팽창하기 시작한 아리아의 마력을…….

　그녀가 뭘 하려는지 눈치채고 말았다.

　이건 즉―.

　"흐음? 영혼을 대가로 자폭해서 절 해치우려는 겁니까? 아름다운 《장희》여."

　파울로의 아쉬운 목소리가 아벨의 심정을 대변했다.

　"제아무리 저라도 그걸 막는 건 어렵겠지요. ……모처럼 당신을 전생강림시켰건만, 이래서야 전부 헛고생으로 끝나겠군요. 그건 그렇고 자신의 몸을 희생해서 누군가를 지키려 하다니…… 당신은 대체 언제부터 악마가 아니라 천사가 된 겁니까?"

　이런 상황에서도 파울로의 태도는 여유로웠다.

　"안 돼! 누나아아아아아아아아아아!"

　아벨은 목이 찢어질 듯한 기세로 외쳤다.

　"그만둬! 죽으면 안 돼! 그, 그것만은……!"

　하지만 그 목소리는 아리아에게 닿지 않았다.

　아니, 설령 닿았다 해도 아마 결과는 변하지 않았으리라.

아리아의 마력이, 영압이 상승했다.

임계점을 향해 한없이, 치명적으로 상승했다.

한없이. 그저 한없이…….

"흠, 이건 곤란하군요. ……제아무리 나라도 멀쩡하기는 어려울 터. 뭔가 좋은 방법이……. 으음……."

"누, 누……나……."

그리고 마침내 아리아의 마력이 임계점에 도달한 순간―.

기적, 신의 위업, 혹은 필연이었을까.

지금까지 전혀 인간다운 반응을 보이지 않았던 아리아가 불현듯 아벨을 돌아보더니 살포시 미소 지었다.

그리고 환청이었을지도 모르지만 아벨에게는 분명히 이렇게 들렸다.

"……사랑해, 아벨."

"……?! 누……!"

"잘 지내렴."

그리고 세상이 폭발했다.

소리가 지워지고 아리아를 중심으로 퍼진 막대한 에너지가 모든 것을 하얗게 바꾸었다.

새하얗게 물들였다.

분노도, 슬픔도, 절망까지도 전부.

………….

"으……."

어느덧 정신을 차리자 눈꺼풀 너머로 아침햇살이 느껴졌다.

눈을 뜬 아벨은 어마어마한 양의 잔해가 쌓인 거대한 구덩이 밑에 쓰러져 있었다.

"……살았……어?"

보기에도 끔찍할 정도로 온 몸이 너덜너덜한 데다 격심한 통증이 느껴졌지만 오체만족인 상태로 살아있었다.

그 폭발에 휘말렸는데도 살아남은 건 기적일까. 아니면…….

"……."

아벨은 이를 악문 채 비틀거리며 일어났다.

주위에는 아무것도 없었다. 모든 것이 파괴된 광경뿐.

아리아의 모습도, 파울로의 모습도 보이지 않았다.

파울로는 분명 살아있으리라. 이건 확신이었다.

하지만…… 아리아는 아마 소멸했으리라. 그런 확신이 들었다.

교회였던 자리에는 아무것도 남지 않았다. 아벨의 두 번째 고향은 건물과 함께 송두리째 날아가 버렸다.

뭐, 충분히 예상했던 결과지만…….

"……."

아벨은 넋이 나간 얼굴로 그 잔해를 한동안 지켜보았다.

어제까지만 해도 이 자리에 있었던, 사랑하는 누이의 미소가 떠올랐다.

유이, 리타, 루체, 아일린, 루루, 크라이브, 딘, 맥스, 로이…… 어제까지 이 자리에 있었던 귀여운 동생들의 미소가 떠올랐다.

전부 파울로의 기만에 불과했지만 그래도 평화롭고 행복했던 나날들.

지금은 이제 아무것도 없었다. 전부 사라지고 말았다.

아벨은 마음에 구멍이 뚫린 상태로 천천히 시선을 떨구었다. 천천히…….

그러자 잔해에 파묻혀 있던, 불에 탄 한 권의 책이 눈에 들어왔다.

"……"

아벨은 마치 뭔가에 씐 것처럼 그 책을 꺼내 들었다.

제목은―『거짓된 영웅 알베르트 프레이저 전기』.

소중한 가족을 빼앗기고 원수를 찾기 위해 반평생을 바쳤지만 그 누구에게도 이해받지 못한 채 역사의 어둠속에 매장된 비극의 영웅.

"……"

바로 그 순간, 아벨의 가슴속에서 뭔가가 서서히 타오르기 시작했다.

이젠 더 이상 아무것도 남지 않은 줄 알았다.

지금의 자신은 텅 빈 시체나 다름없는 존재가 된 줄 알았다.

하지만 그런 공허한 마음 깊숙한 곳에 아직 남아 있는 것이 있었다.

그것은 분노. 그리고 증오.

그렇다.

이대로 끝낼 수는 없었다. 이대로 끝낼 수 있을까 보냐.

용서 못 해. 용서할까 보냐.

자신에게서 모든 것을 앗아간 그 외도, 파웰 퓌네.

그리고 하늘의 지혜 연구회.

그런 사악한 존재가, 외도가, 귀축이 아직도 자신과 같은 하늘 아래에 뻔뻔히 살아있다는 생각만 해도 신물이 올라왔다. 생리적으로 도저히 받아들일 수 없었다. 상상하기만 해도 구역질이 치밀었다.

용서 못해. 절대로 용서할 수 없어. 용서할 수 있을까 보냐.

격렬하게 타오르는 분노, 폭풍처럼 휘몰아치는 분노. 그 두 가지 감정이 텅 빈 인형으로 변했던 아벨에게 다시 살아갈 이유와 일어설 힘을 주었다.

아벨은 몸속 깊은 곳에서 솟구치는 용암 같은 분노를 터트리며 울부짖었다.

"으아아아아아아아아아아아아아아아아아아아아아!"

하염없이 뜨거운 눈물을 흘리며 감정을 분출했다.

"아아아아아아아아아아아아아아아아아아아아아아악!"

아벨은 알베르트 프레이저의 책을 강하게 움켜쥐고 외쳤다.

"아아, 그래! 거짓된 영웅 알베르트 프레이저! 네 심정을 이제야 조금이나마 이해했다! 너도냐!? 너도 그랬던 거냐?! 이런 주체할 수 없는 감정에 사로잡혀서…… 그래서 모든 걸 버리고 싸웠던 거냐?! 제길! 제기랄! 빌어먹으으으으을! 으아아아아아아아!"

아벨의 눈가에서 흐르는 눈물에 피가 섞이기 시작했다.

얼굴을 가린 손가락 사이로 드러난 그 두 눈은 지금까지의 그와는 정반대로 날카롭게 변해 있었다.

마치 사냥감을 노리는 맹금류처럼.

"하아……! 하아……! 그래, 좋다. 나도 네 뒤를…… 결코 보답 받을 수 없는 길을 따라가 주마, 알베르트 프레이저! 타인의 이해? 복수는 아무것도 낳지 않는다고? ……그딴 건 내 알 바 아냐! 끝낼 수 없어……! 이대로 끝낼 수는 없다고! 사람을 사람으로 보지 않는 쓰레기들에게 죽음의 심판을……!"

그리고 더는 돌이킬 수 없는 결의를 감춘 눈으로 선언했다.

"하지만 지금 이대로는 안 돼! 이런 어수룩한 나는…… 아홉을 구하기 위해 하나조차 포기하지 못했던 나로는 파울로를 상대로 아무것도 할 수 없어! 그러니 『연기』해야만 해! 이런 어수룩하고 약해빠진 『나』를 버리고 더 강한 내가 돼야만 해! **완전히 다른 사람으로 변해야만 해!**"

아벨은 목에 걸린 은십자가를 거의 체인이 끊어질 정도로 강하게 움켜쥐었다.

그리고 비틀거리면서도 흔들림없는 의지가 깃든 걸음걸이로 천천히 구덩이 옆을 기어오르기 시작했다.

　"기다려라, 파울로……! 그리고 하늘의 지혜 연구회……! 언젠가 반드시 새로운 『내』가 네놈들을 없애버릴 테니! 지옥에서 이 이름을 떠올리도록! 내 이름은……!"

　…….

　………….

　"왜 그래? 알베르트."

　그 말을 계기로 제국 궁정 마도사단 특무분실 집행관 넘버 17 《별》의 알베르트 프레이저는 아득히 먼 과거를 헤매던 의식을 현실로 끌어내렸다.

　옆을 힐끔 쳐다보자, 평소에는 마술 강사복만 입고 다니던 글렌 레이더스가 지금은 자신과 같은 마도사 예복 차림으로 무너진 석조 건물 벽에 나란히 등을 기대고 앉은 채 힘없이 별이 뜬 밤하늘을 올려다보고 있었다.

　둘 다 완전히 너덜너덜한 상태였다. 온 몸에 빼곡하게 새겨진 무거운 통증은 조금 전까지 두 사람이 벌인 격렬한 전투의 잔재였다.

　변경의 산간지역에 무너진 건물이 끝없이 늘어선 이곳은 고대 유적도시 마레스.

　창천 십자단의 박멸 작전과 리엘의 에테르 괴리증을 계기로 시작된 이번 소동— 알베르트와 글렌이 서로의 신념과 고집을 건 싸움은 바로 조금 전에야 겨우 결판이 난 참이었다.

　평소였다면 절대로 있을 리 없는 전개, 글렌의 승리와 알베르트의 패배라는 결과로…….

　"홋…… 뭐야? 나한테 진 게 그렇게 분해?"

　글렌이 입가를 끌어올리고 빈정거리듯 말을 툭 내뱉었다.

　"아니…… 잠시 옛날 일을 떠올렸던 것뿐이다."

　그러자 알베르트는 작은 목소리로 대답했다.

　"역시…… 나는 약해. 각오가 어설펐어. 신념이 부족했어. 즉…… 그 시절부터 아무것도 변한 게 없고 성장하지도 못했다는 뜻이겠지."

　그리고 목에 걸린 은십자가를 강하게 쥐었다.

　이 감촉은 그때와 전혀 변한 게 없었다. 마치 지금의 자신처럼.

　그렇다. 자신을 버리지 않으면, 남의 이름을 빌리지 않으면, 타인을 연기하지 않으면 완전히 비정해질 수 없었던 자신처럼.

　알베르트가 그렇게 자조하면서 한숨을 내쉰 순간—

　"아, 그래? 하긴 그럴지도."

　글렌은 딱히 깊이 캐묻지 않고 대답했다.

　"하! ……인간이 그리 쉽게 변할 리 있겠냐, 바보. 뭐 때문에 그렇게 침울해진 건지는 모르겠다만, 넌 너야. ……그게 뭐가 잘못이라는 건데."

"……"

"무리해서 어쩔 건데? 우리는 자기 분수에 맞게 발버둥 치면서 살아갈 수밖에 없는 거라고."

알베르트는 잠시 글렌의 가차 없는 발언을 곱씹다가 입가를 살짝 일그러트리며 웃었다.

"……그래. 그 말대로다."

그리고 한동안 두 사람은 침묵했다.

하지만 어색함은 없었다.

어딘지 모르게 마음이 편안해지는 기묘한 침묵이었다.

"글렌."

이윽고 알베르트가 눈을 감으면서 조용히 입을 열었다.

"왜?"

"난…… 절대로 타협하지 않을 거다."

"……"

알베르트가 새로운 결의가 담긴 목소리로 말하자 글렌은 입을 다물었다.

"나는…… 너처럼 될 수는 없어. 아홉을 구하기 위해 하나를 포기한다. 이 신조는…… 앞으로도 변하지 않아. 나에겐 해야만 하는 일이 있어. ……설령 지옥에 떨어진다 해도."

"……"

"만약 그런 내 행동이 마음에 들지 않는다면……."

역사에서 지워진 그 거짓된 영웅처럼 뒤에서 친우의 총탄을 맞고 황야의 고독한 시체가 된다 한들 어쩔 수 없으리라.

이젠 돌이킬 수 없었다. 정도(正道)를 벗어난 자신에게는 역시 그런 결말이 어울리지 않을까.

"그래, 그때는 날 불러."

멍하니 그런 생각을 하던 알베르트는 글렌의 예상치 못한 대답에 눈을 뜰 수밖에 없었다.

"칫. 그런 최악의 상황이라도 너랑 나, 둘이라면 그나마 한결 나을 테니까."

글렌은 시선을 피하고 혀를 찼다.

아마 그 딴에는 혼자서 전부 짊어지지 말라고 말하려던 게 아닐까.

알베르트는 다시 입을 다물 수밖에 없었다.

"훗…… 역시 넌 못 당하겠어."

그리고 평소보다 약간 누그러진 표정으로 중얼거렸다.

이 따스한 침묵은 리엘을 구출한 이브 일행이 돌아올 때까지 계속되었다.

—이렇게 해서 글렌과 알베르트의 대결은 막을 내렸다.

글렌이 알베르트에게 평생에 걸쳐서 단 한 번 거둔 이날 이때의 승리.

분명 아무도 모르리라.

그리고 눈치채지도 못했으리라.

이날 밤, 이 일전이 바로 거대한 역사와 운명의 분기점이었음을…….

그것은 당사자인 글렌도, 알베르트조차도 눈치채지 못했다.

안녕하세요, 히츠지 타로입니다.

이번에는 단편집 『변변찮은 마술강사와 추상일지^{메모리 레코드}』 4권이 발매되었습니다.

편집자님 및 출판 관계자 여러분, 그리고 본편 『금기교전』을 지지해주신 독자 여러분 덕분입니다! 정말 감사합니다!

놀랍게도 이번 권으로 단편집도 4권째. 우오오오, 대단해! 열심히 썼구나, 나!

요즘 본편에서는 제법 진지한 전개가 많다 보니 글렌 일행의 귀중한 일상을 마음껏 묘사할 수 있는 이 단편집의 존재가 참 고맙게 느껴지곤 합니다.

본편에서 잠깐 등장한 조역을 메인으로 내세울 수도 있고, 세계관을 더욱 확장시킬 수도 있는 이 단편집은 이미 『금기교전』 시리즈에서 떼려야 뗄 수 없는 존재가 된 게 아닐까 싶네요.

그러니 본편을 재미있게 읽어주신 독자 여러분께서도 한번 꼭 읽어주셨으면 하는 바람이 있습니다.

자, 그럼 평소대로 이번에 수록된 단편들의 해설을 시작하 겠습니다.

○어느 소녀의 프라이버시

리엘이 주역인 이야기입니다.

편집자 "까놓고 말해 리엘은 평소에 어디서 사는 거야? 어떤 식으로 사는 건데?"

히츠지 "그러고 보니 생각해본 적 없었어어어어어어어어 어어?!"

이런 흐름으로 탄생한 이야기라 그 부분을 보충해봤습니다.

이래서 단편이 좋다니까요! 본편에서 생긴 설정 구멍을 이 렇게 나중에 메울 수 있으니까요!

전 아무래도 임기응변이랄지, 그날그날 떠오른 착상대로 글을 쓸 때가 많다 보니…….

예? 제대로 설정을 짠 뒤에 쓰라고요? 옳으신 말씀입니다~.

○폭풍의 로리 천사

세리카가 주역인 이야기입니다.

세리카는 본편에서는 마치 어른인 척 굴지만, 솔직히 본질 은 악동이잖아요? 그럼 실제로 어린애로 만들어보면 어떨 까? 라는 발상에서 탄생한 이야기였습니다.

예, 상상을 뛰어넘는 악동이었죠(웃음). 능력이 뛰어난 아이라는 건 정말 질이 나쁘네요!

하지만 세리카는 개인적으로 참 편리한 캐릭터란 말이죠~. 단편에서는 데우스 엑스 마키나로 최적. 그야 세리카라면 어쩔 수 없지, 라고 다들 납득할 수 있으니까요!

그런데 어째선지 본편에서는 매번 핸디캡 때문에 제 실력을 발휘하지 못하지만!

○**병약여신 세실리아**

추상일지 2권에서는 엑스트라였던 세실리아 선생이 본격적인 네임드로 파워업한 계기가 된 이야기입니다.

초기 이미지는 워낙 바빠서 자기 건강은 못 챙기는 의사라든가, 타인을 구하는 데만 전력을 쏟느라 자신을 돌보지 않는…… 그런 자기희생 정신으로 무장한 덧없는 캐릭터가 될 예정이었습니다만, **대체 왜 이렇게 된 거지?**

○**광왕의 시련**

시스티나, 루미아, 리엘 트리오와 2반의 유쾌한 친구들이 중심이 될 예정이었습니다만, **결국 그 녀석의 존재감을 이길 수는 없었네요.**

그 독극물 캐릭터를 출연시키면 저도 모르게 이야기의 주도권을 빼앗겨서 골치가 아픕니다. 누가 좀 도와줘요!

○거짓된 영웅

예전부터 묵혀뒀던 걸 이번 기회에 마침내 해금한 이야기입니다.

지금이야말로 독자님들께 보여드리기 가장 좋은 타이밍이라는 생각에, 편집자님과 상의해서 이번 추상일지 4권에 수록하게 되었습니다.

이 이야기에 관해서는 여기서 무슨 말을 해도 중대한 스포일러가 되고 맙니다.

첫 두세 페이지만 읽으면 분명 「뭐지 이건? 대체 무슨 이야기야?」라는 생각이 드실지도 모르겠지만, 부디 끝까지 읽어주시면 감사하겠습니다.

이번에는 이 정도일까요?

앞으로도 독자 여러분께서 즐겁게 읽으실 수 있는 이야기를 열심히 쓸 테니 아무쪼록 『금기교전』 시리즈를 잘 부탁드립니다!

히츠지 타로

■역자 후기

  안녕하세요. 오늘도 변함없이 유쾌 발랄한 글렌 일행의 일상 단편집, 재미있게 읽어주셨을까요?

  이번 권에서도 참 많은 일들이 있었습니다만, 역시 개인적으로 가장 인상에 남았던 건 에피소드 하나를 통째로 써서 주역을 맡은 세실리아였네요. 뛰어난 힐러인 동시에 지극히 온화한 성격이라는 시점에서 루미아와 겹치는 부분이 많다 보니 병약 속성을 추가해서 차별성을 두신 게 아닐까 싶었습니다만…… 작가님, 아무리 그래도 이건 좀 너무 가셨잖아요. 모처럼 예쁜 삽화도 추가된 걸 보고 오오, 혹시 신규 히로인으로 편입? 하고 잠시 기대했던 제가 바보였습니다. 이건 히로인은커녕 완전히 멋ㅇ다 마ㅇ루의 샤ㅇ 포지션…… 이 에피소드를 작업하는 내내 머릿속에서 「날아라 슈ㅇ맨!」 이라는 명대사(사실 한국 한정 초월 번역)가 반복 재생되더군요. 그리고 보면 세실리아뿐만 아니라 마술학원의 강사, 교수진 자체가 다들 어딘가 맛이 간 인간들인 데다…… 최후의 보루였던 릭 학원장도 결국 로리콘 인증을 한 시점에서 더는 희망이 없는 걸지도 모르겠네요.

 아무튼 개인적으로 이번 권의 신스틸러였던 루젤 군도 언젠가 일러스트가 추가되길 바라며 이만 짧은 후기를 마칩니다. 본편인 다음 권은 알자노 제국 마술학원을 무대로 오랜만에 시스티나가 활약할 예정이니 기대해주시길!

초출(初出)

어느 소녀의 프라이버시

Privacy of Re=L

드래곤 매거진 2016년 11월호

폭풍의 로리 천사

A storm by the pretty angel

드래곤 매거진 2017년 1월호

병약여신 세실리아

Sickly-Goddess-Cecilia

드래곤 매거진 2017년 3월호

광왕의 시련

Trial of the crazy king

드래곤 매거진 2017년 5월호

거짓된 영웅

Fake hero

특별 단편

Memory records of bastard
magic instructor

변변찮은 마술강사와 추상일지 4

초판 1쇄 발행 2019년 9월 10일

지은이_ Taro Hitsuji
일러스트_ Kurone Mishima
옮긴이_ 최승원

발행인_ 신현호
편집장_ 김은주
편집진행_ 최은진 · 김기준 · 김승신 · 원현선 · 권세라
편집디자인_ 양우연
국제업무_ 정아라 · 전은지
관리 · 영업_ 김민원 · 조은걸 · 조인희

· **펴낸곳**_ (주)디앤씨미디어
등록_ 2002년 4월 25일 제20-260호
주소_ 서울시 구로구 디지털로 26길 111 JnK디지털타워 503호
전화_ 02-333-2513(대표)
팩시밀리_ 02-333-2514
이메일_ lnovelpiya@naver.com
ㄴ노벨 공식 카페_ http://cafe.naver.com/lnovel11

MEMORY RECORDS OF BASTARD MAGIC INSTRUCTOR Vol.4
©Taro Hitsuji, Kurone Mishima 2019
First published in Japan in 2019 by KADOKAWA CORPORATION, Tokyo.
Korean translation rights arranged with KADOKAWA CORPORATION, Tokyo.

ISBN 979-11-278-5222-1 04830
ISBN 979-11-278-4161-4 (세트)

값 7,000원

아빠는 영웅, 엄마는 정령, 딸인 나는 전생자. 1권

마츠우라 지음 | keepout 일러스트 | 이신 옮김

연구직에 몰두하던 전생(前生)을 거쳐 전생(轉生)했더니
원소의 정령이 되어 있었습니다.
아버지는 전 영웅이고 어머니는 정령의 왕.
저 또한 치트 능력을 받았습니다…….
아버지와 어머니, 그리고 정령들에게 사랑을 듬뿍 받으며
쑥쑥(본의 아니게 겉모습만 빼고!) 자라던 어느 날,
아버지와 함께 방문한 인간계에서 어쩌다 보니 임금님의 주목을 받게 되고,
그 탓에 가족이 위기에……?
"확실히 부숴버릴 테니 각오해 주세요."

**정령 엘렌, 전생의 지식과 정령의 힘을 구사하여
소중한 가족을 지키겠습니다!**

라이트노벨의 새로운 빛! L노벨의 신간은 매월 10일에 발매됩니다. http://cafe.naver.com/lnovel11

방과 후, 이세계 카페에서 커피를 1권

카자미도리 지음 | u스케 일러스트 | 이진주 옮김

마법의 숨결이 닿은 아이템이나 음식물이 산출되는 『미궁』.
이를 중심으로 번영한 미궁도시의 외곽에 위치한 한 카페에서는
이 이세계에서 유일하게 커피를 마실 수 있다.
현대에서 온 고등학생 점주 유우가 꾸려가는 이 가게에는,
오늘도 커피의 구수한 향기에 이끌려 카페 식도락을 추구하는
엘프와 드워프, 모험가들, 그리고 도시의 유력자까지 단골로서 찾아온다.
근처에 있는 마술학원에 다니는 소녀 리나리아도 그 중 한 명.
아직 커피는 달콤하게 타야만 마실 수 있지만,
유우가 있는 이 가게의 분위기는 무척 마음에 들었다.
하지만, 그 외에도 라이벌인 여자아이들이 잔뜩 있는데……?

**사랑의 향신료가 풍미를 더한 맛있는 이야기를
이세계 카페에서 보내드립니다!**

검사를 목표로 입학했는데
마법 적성 9999라고요?! 1~7권

넨쥬무기챠타로 지음 | 리이츄 일러스트 | 김보미 옮김

"하지만 전 전사학과에서 검사가 되고 싶어요!"
일류 검사를 꿈꾸는 소녀 로라는 불과 아홉 살에 모험가 학교에 합격하고,
「검사 친구가 많이 생겼으면 좋겠다」는 기대에 부푼다.
그리고 다가온 입학식 날.
로라는 보통 학생이 50~60이 나오는 검 적성치 측정에서
경이로운 107점을 기록하며 검의 천재가 되지만
하는 김에 마법 적성치도 측정한 결과…… 무려『전 속성 9999』!!
전대미문의 압도적인 수치에 학교 전체가 술렁이고 마법학과로 즉시 전과 결정♪
검사가 되고 싶은 바람과는 반대로 로라는 천재 마법사로 쑥쑥 커가고
순식간에 마법학과의 어느 선생님보다도 강해지는데…….
마법 재능이 지나치게 풍부한 아홉 살 소녀의 통쾌한 판타지!!

©Natsume Akatsuki, Kurone Mishima 2019
KADOKAWA CORPORATION

속 이 멋진 세계에 폭염을! 1~2권

아카츠키 나츠메 지음 | 미시마 쿠로네 일러스트 | 이승원 옮김

『도적 모집. 정의를 위해서라면 범죄행위도
불사할 만큼 의욕 넘치는 분 한정.』

에리스 감사제 때 만난 은발도적단을 동경하게 된 메구밍은
그들을 (멋대로) 돕기 위해 도적단을 결성한다.
도적단의 멤버는 만년 외톨이인 윤윤, 세상물정 모르는 왕녀 아이리스,
아쿠시즈교 프리스트 세실리. 하나같이 알아주는 문제아인데…….
그래도 악독한 귀족에게 따끔한 맛을
보여주기 위해 도적 활동을 시작하지만?!

메구밍 캐릭터 인기투표 1위 기념 기획
대망의 서적화!

일반공격이 전체공격에 2회 공격인 엄마는 좋아하세요? 1~6권

이나카 다치마 지음 | 이이다 포치. 일러스트 | 이승원 옮김

"이제부터 이 엄마와 함께 실컷 모험을 하는 거야.", "맙소사……."
고교생 오오스키 마사토는 그렇게 염원하던 게임세계로 전송되지만,
어찌된 영문인지 그의 어머니이자
아들이라면 껌뻑 죽는 마마코도 따라오는데?!
길드에서는 「아들의 연인이 될지도 모르는 애들이니까」라는 이유로
마사토가 고른 동료들에게 면접을 실시하고,
어두운 동굴에서는 반짝반짝 빛나는데다,
무릎베개로 몬스터를 재우는 걸로 모자라,
전체공격에 2회 공격인 성검으로 무쌍을 찍는 등
아들인 마사토가 질릴 정도로 대활약을 하는데?!
현자인데도 유감스런 미소녀 와이즈,
치유계 여행 상인인 포타를 동료로 맞이한 그들이 구하려는 것은
위기에 처한 세계가 아니라 부모자식간의 정.

제29회 판타지아 대상 〈대상〉 수상작인
신감각 모친 동반 모험 코미디!

라이트노벨의 새로운 빛! L노벨의 신간은 매월 10일에 발매됩니다. http://cafe.naver.com/lnovel11

세븐캐스트의 히키코모리 마술왕 1~5권(완결)

미사키 카츠미 지음 | mmu 일러스트 | 송재희 옮김

마술이 개념화하여 물리 법칙을 능가한 신생 마법세계.
이곳 마도에는 마술 결사 「세븐캐스트」가 최강이라는 이름하에 군림하고 있었다―.
"그저 빈둥거리면서 살고 싶어……."
마술학원에 다니는 브란은 마술로 만든 분신에게
출석을 대행시키는 등교거부 학생.
다만 전학생인 왕녀 듀셀하고는 같은 히키코모리 기질 때문인지
묘하게 가까워지고?!
그러나 듀셀의 정체는 전투에 특화된 루브르 왕국의 국가마술사였다―.
"그럴 수가, 나보다 고위 마술사라니."
"상대가 안 좋았네― 내가 「세븐캐스트」의 위자드 로드야."
일곱 섀도를 원격 조작으로 사역하여 세계 질서를 뒤엎어라?!

히키코모리야말로 최강―
문외불출 신세기 마술배틀 판타지!!

라이트노벨의 새로운 빛! L노벨의 신간은 매월 10일에 발매됩니다. http://cafe.naver.com/lnovel11